Un bonheur
insoupçonnable

GILA
LUSTIGER

Un bonheur
insoupçonnable

ROMAN

*Traduit de l'allemand
par Isabelle Liber*

*Illustrations réalisées
par Emma Tissier*

Titre original
HERR GRINBERG & CO.
Eine Geschichte vom Glück

Chapitre premier

QUEL INTÉRÊT DE SAVOIR QUE LES BROCOLIS PROVIENNENT D'ASIE MINEURE ? BEL EXPLOIT QUE DE NE PAS VOIR UN SEUL ENFANT QUAND ON HABITE EN PLEIN CENTRE-VILLE. PAR CHANCE, LES CHIENS NE SAVENT PAS PARLER. UN APPARTEMENT PLEIN DE NAPPERONS ET DE SOUVENIRS. À QUOI BON AVOIR UN NOM ?

M. Grinberg n'était pas à proprement parler le meilleur ami des enfants. Mais il n'était pas non plus leur pire ennemi. Disons plutôt qu'il ne se souciait pas d'eux le moins du monde. Pas plus que de savoir que le canal situé entre l'oreille et la gorge, celui qui se bouche quand on a mal aux oreilles, s'appelle « trompe d'Eustache ». Ou que les brocolis, puisqu'il faut parfois en manger, proviennent d'Asie Mineure.

S'il aimait les enfants ? À cette question, M. Grinberg aurait répondu : « Mais enfin, voyons ! Bien sûr que je les aime ! Qui ne les aime pas ? »

Et si on lui avait demandé à quoi ressemble un enfant, nul doute qu'il se serait imaginé une petite fille irréprochable, qui ne pleurniche pas, ne se salit pas, ne se dispute pas avec sa sœur… Bref, là était le problème : M. Grinberg n'avait jamais vu un seul enfant en chair et en os.

Ce qui était quand même plutôt étrange. Voire assez inquiétant. Car M. Grinberg ne vivait ni dans une cabane d'ermite perchée au sommet d'une montagne, ni dans une ferme isolée au fin fond de la campagne, mais dans une grande ville pleine de voitures, de magasins, de deux-roues, de pétarades, de vrombissements et, bien sûr, d'enfants. Mais alors quoi, il ne les voyait pas, ces écoliers somnolents qui cheminent dans le petit matin, cartable sur le dos et paupières lourdes de sommeil ? Il ne les voyait pas ensuite rentrer chez eux en sautillant dans la rue, un pied sur le trottoir et l'autre dans le caniveau ?

Non, il ne les voyait pas. Ni le matin, ni le soir, ni même à la sortie de l'école – et c'était bien là un exploit digne d'être remarqué.

Chaque après-midi, à la même heure, M. Grinberg sortait acheter son journal au kiosque avec sa chienne, un indéfinissable tas de poils hirsutes. Puis il rejoignait à pas tranquilles la place voisine où trônaient un marronnier et un banc. Là, il s'asseyait pour lire. Au printemps, il ouvrait son journal sous les fleurs blanches de l'arbre. En été, l'ombre des grosses feuilles vertes le protégeait. À l'automne, les branches avec leur

feuillage jaune, clairsemé de part en part, se balançaient dans le vent, bruissaient et s'ébrouaient, des marrons mûrs en tombaient, les bogues hérissées s'ouvraient, et des fruits d'un brun lisse et brillant roulaient à ses pieds. Remarquait-il la beauté du feuillage ou l'arceau argenté de la lune qui, en hiver, se dessinait dès l'après-midi dans le ciel d'un bleu laiteux ? Pensez-vous !

Printemps comme été, automne comme hiver, il parcourait page après page les nouvelles de la planète et secouait la tête d'un air contrarié.

« *Schmontzes*, grognait-il. Foutaises que tout cela[1] ! »

Pendant ce temps, sa chienne jouait avec les enfants du voisinage. Dès qu'ils sortaient de l'école, à peine avaient-ils jeté leur cartable dans le sable qu'elle leur faisait la fête, jappait, se roulait par terre, agitait la queue et les barbouillait de bave des pieds à la tête.

« Holstein ! criaient les enfants. Holstein ! »

Et ils se penchaient vers elle, lui ébouriffaient le poil, gambadaient, faisaient la course avec elle autour de l'arbre et à travers le square, lui lançaient des marrons en automne, des boules de
neige
en

hiver… Mais… pas si vite ! Comment les enfants savaient-ils qu'Holstein s'appelait Holstein ?

Tout simplement parce que M. Grinberg leur parlait. Car c'était un monsieur très aimable. Depuis cinquante ans, il vivait dans un grand appartement plein de livres, de tableaux, de plantes, de napperons et de souvenirs qui envahissaient peu à peu ses étagères. M. Grinberg trouvait ces bibelots parfaitement inutiles et même, pour être honnête, tout à fait monstrueux. Et quand sa femme de ménage, à son retour de vacances ou d'un séjour dans sa famille, en Italie, lui rapportait encore un nouveau bibelot – un cendrier en albâtre, un accordéoniste en bois sculpté qui faisait aussi office de bougeoir, un fourneau de pipe en écume de mer, un nez en bronze censé servir de range-lunettes –, il se jurait de lui dire enfin ce qu'il pensait de tout ça, et sans y aller par quatre chemins. Les nez ont été faits pour porter des lunettes, les pierres, pour être taillées et pour en faire des châteaux, les pieds, pour être chaussés, mais à quoi peut bien servir un fourneau de pipe quand on ne fume pas ?

Et il avait en réserve quantité d'autres très bons arguments.

Pourtant, chaque fois, il se contentait de dire : « Euh… Merci. »

M. Grinberg et sa chienne Holstein se ressemblaient beaucoup. Non, Holstein ne portait ni pantalons en velours ni chemises à carreaux ; elle était seulement aussi entêtée que son maître était têtu. Sans compter que, l'un comme l'autre, ils tenaient à leur tranquillité. Et quand quelque gourmandise se présentait, ni l'un ni l'autre n'y allaient avec le dos de la cuillère. Heureusement, la femme de ménage de M. Grinberg avait le don de transformer ses états d'âme en plats savoureux[2].

Par chance, Holstein ne parlait pas. Car si cette bestiole obstinée avait été douée de parole, M. Grinberg aurait certainement passé toute la sainte journée à répondre à ses questions : pourquoi les hommes ont-ils la permission de se reposer sur le canapé, et pas les chiens ? Pourquoi les hommes se promènent-ils sans laisse et ne mangent-ils pas dans une écuelle ? Pourquoi ne doivent-ils pas accourir au pied de leurs chiens dès que ceux-ci les sifflent ? Pourquoi ont-ils le droit de grignoter aussi souvent que bon leur semble, même après le dîner, devant la télé ? En un mot : pourquoi les hommes, sous prétexte qu'ils sont des hommes, ont-ils des privilèges que les chiens n'ont pas ?

Cela ne fait aucun doute : M. Grinberg aurait usé les oreilles d'Holstein jusqu'au dernier poil.

Il aurait expliqué, justifié et démontré par A + B que l'homme, un être pensant et doté de conscience, est le couronnement de la création, un point c'est tout – mais il en aurait fallu davantage pour convaincre sa chienne.

Toutefois, en l'état actuel des choses, M. Grinberg n'avait pas à subir ce genre de bavardages. Quand il voulait lire un livre, il ne se gênait pas pour faire descendre d'une bourrade sa chienne installée sur le canapé, même si, le plus souvent, il s'asseyait simplement à côté d'Holstein qui bavait impunément sur un journal. Car, si M. Grinberg aimait les journaux, il aimait encore plus avoir la paix. D'ailleurs, le sage n'est-il pas celui qui sait céder ?

Seule la femme de ménage voyait d'un mauvais œil l'habitude qu'avait M. Grinberg de se dégonfler lamentablement devant sa chienne et, régulièrement, elle pestait contre cette éducation canine des plus libérale : « Je vous le dis comme je le pense, ça finira mal ! »

Et elle ajoutait que l'animal n'avait aucun scrupule à tirer parti de la situation. Qu'il fallait établir des règles strictes. Et que les colères sporadiques de M. Grinberg n'étaient rien d'autre que des sottises, du pur *nonsenso*.

« Hé ! Toi, là-bas, *monstro* ! » s'emportait-elle quand, pour la énième fois, elle surprenait Holstein à mâchouiller une pantoufle.

Mais, devant l'adorable dandinement de la chienne et son regard de brave bête, la femme de ménage perdait elle aussi toute envie de la gronder. Et si Holstein s'avisait en plus de lui donner la patte ou si, étendue de tout son long sur le carrelage de la cuisine, levant le nez vers la femme de ménage occupée à éplucher des carottes, elle penchait la tête de côté, l'œil humide, alors il arrivait même qu'elle obtienne en cachette une belle tranche de mortadelle.

Holstein était un mélange accidentel sans pedigree. À la place, elle avait un nom digne des chiens les plus racés. En vérité, elle s'appelait Anne Louise Germaine Necker de Staël-Holstein, nom que personne n'utilisait jamais. C'était bien trop long et bien trop chic pour une chienne qui, même chérie comme un véritable ami, n'en restait pas moins un simple quadrupède poilu. D'ailleurs, la chienne n'y était pour rien dans ce choix. Et si elle agitait la queue quand elle entendait son nom, cela ne voulait pas dire qu'elle manifestait une quelconque fierté familiale. Rien ne l'y incitait. Une demi-mesure de labrador, une pointe de caniche, un soupçon de griffon, un rien de je-ne-sais-quoi : c'était un tas de poils hirsutes du meilleur cru.

Si son nom lui plaisait ? À cette question, il y a fort à parier qu'Holstein aurait répondu : « À quoi bon avoir un nom ou un titre ? Est-ce que ça se mange ? Non ? »

Dans ce cas, aurait-elle lancé avec mépris, elle préférait, et de loin, une bonne tranche de rôti.

On aurait pu à coup sûr donner à Holstein le goût de n'importe quel nom, même le plus farfelu, à condition de l'envelopper dans une tranche de mortadelle ou de jambon blanc ou de le mêler à quelques délicieux petits diots de Savoie. Mais nul ne tentait jamais de la convaincre de quoi que ce soit et il ne se trouvait jamais personne non plus pour lui demander son avis. Si bien que la chienne, après qu'on eut également évoqué les noms d'Herschel Ostropoler ou Yevgeniya Anastasiyavna, fut baptisée Holstein. M. Grinberg lui-même dut en effet admettre à contrecœur que Herschel était un prénom masculin et que personne au monde n'était capable de prononcer le nom de Yevgeniya Anastasiyavna à l'exception des Russes – ce qui n'en rendait pas la prononciation plus facile pour les autres.

M. Grinberg avait donc fini par entendre raison, non sans avoir auparavant rouspété tant et plus et s'être retranché dans son bureau. Oui, il avait fini par céder. Un vrai bonheur.

Un petit miracle[3].

1. Quand sa femme de ménage lui demandait ce qu'étaient ces *schmontzes*, M. Grinberg répondait que les *schmontzes*, c'était toujours la bêtise des autres. Et il racontait alors son histoire favorite :

Un rabbin est invité à dîner par un évêque. La table est couverte de mets : des côtelettes et autres morceaux d'agneau, un demi-veau et ses intestins, du jarret de bœuf, un chapon, des poulardes, des sangliers, du fromage – en un mot, tout ce qu'il faut pour rendre un homme heureux. Le rabbin se sert et ne prend rien d'autre qu'un peu de pain et des fruits secs.

« Pourquoi ne mangez-vous rien, seriez-vous souffrant ? » s'enquiert l'évêque.

Le rabbin le rassure et explique sa réserve : c'est qu'il respecte les lois de la cacherout, ces règles alimentaires qui figurent dans la Torah.

L'évêque lui demande quels sont les préceptes de la Bible des juifs et le rabbin cite :

« Tu ne feras pas cuire le chevreau dans le lait de sa mère !

– Mais quand donc abandonnerez-vous ces bêtises pour vivre enfin comme tout le monde ? demande l'évêque.

– Le jour de votre mariage, Votre Excellence », lui répond le rabbin.

2. Ce que M. Grinberg aimait par-dessus tout, c'était l'omelette aux pommes de terre et aux lardons. Bien sûr, il faisait aussi l'éloge d'autres plats que lui préparait sa femme de ménage, mais rien ne pouvait égaler l'omelette aux pommes de terre et aux lardons. À peine humait-il l'odeur alléchante du lard qui crépitait dans la poêle qu'il était mis en appétit. Sans plus se soucier de ce qu'il était en train de faire ou de penser, il se levait alors et se rendait tout droit à la cuisine. M. Grinberg aimait l'omelette, et le simple bruit des œufs qu'on casse sur le rebord du saladier éveillait en lui un sentiment de bonheur inégalé. Un jour, cependant, il avait été chassé de la cuisine. La raison de son bannissement n'était rien qu'une simple petite devinette qu'il avait posée à sa femme de ménage :

Un homme est dans un bateau. Il rame vers le large et ne remarque pas qu'il va trop loin. Avant même d'avoir eu le temps de dire ouf, le voilà à quinze kilomètres des côtes. Il essaie de regagner le rivage en ramant de toutes ses forces et atteint une vitesse de quatre kilomètres par heure. Mais après une heure d'effort, il est épuisé et il se repose pendant dix minutes, si bien que le courant le repousse à nouveau d'un kilomètre vers le large.

«Alors à votre avis, combien d'heures faut-il à ce pauvre diable pour revenir à la terre ferme ? avait demandé M. Grinberg en s'appuyant contre la gazinière pour piocher quelques lardons dans la poêle.

– Mais pourquoi est-ce qu'il rame vers le large ? Ce n'est pas logique du tout ! avait protesté la femme de ménage.

– Pas logique ?! Pas logique ?!» s'était écrié M. Grinberg.

Comment un problème mathématique pouvait-il bien manquer de logique ? Prenant alors la mouche, la femme de ménage avait répondu que M. Grinberg la dérangeait, qu'elle n'avait pas le temps pour de tels *schmontzes*, et que mettre les doigts dans la poêle, ça ne se faisait pas. Vexé, M. Grinberg avait quitté la cuisine et n'était revenu que lorsque cette détractrice du sport cérébral l'y avait convié. Dans le couloir, il avait maugréé contre les femmes et leur manque de poésie, et affirmé une fois de plus que Schopenhauer avait bien raison. Même son plat préféré n'avait pu vaincre sa mauvaise humeur. Et la femme de ménage ne sut jamais combien de temps le pauvre rameur avait dû ramer – ce qui ne l'empêcha pas de dormir.

Seule Holstein eut droit au fin mot de l'histoire – comme bien souvent.

« Vois-tu, Holstein, c'est un véritable jeu d'enfants… », avait commencé M. Grinberg.

Holstein avait vaguement ouvert un œil.

Était-ce l'heure de la pâtée ? Non ? Eh bien, tant pis. Et elle reprit son petit somme.

3. Assise dans la cuisine, la femme de ménage regardait par la fenêtre l'arbuste qu'on avait planté là quelques semaines après son arrivée chez M. Grinberg et constatait avec joie qu'il avait encore pris plusieurs centimètres. Cela faisait maintenant quatre ans. Comme il avait grandi, le petit arbre, et comme le temps avait passé… La femme de ménage songeait souvent aux débuts de son service. Dans son souvenir, tout était net et palpable. Elle se représentait cette époque avec tant de précision et d'éclat qu'on aurait pu penser qu'elle avait vécu la veille tous ces événements minuscules. Oui, c'est certain, si un étranger avait fouillé dans l'amas de souvenirs que la femme de ménage gardait comme un précieux trésor, il aurait haussé les épaules. Rien d'intéressant, aurait-il déclaré avec dédain, rien qui vaille la peine d'être raconté. Mais que pouvait bien savoir un étranger du bonheur qui envahissait cette femme, l'inondait tout entière et lui faisait tourner la tête comme un verre de vin liquoreux, quand elle l'entendait approcher dans le couloir, de ce pas lourd et traînant avec lequel il venait à elle, et qu'il la rejoignait à la cuisine pour lui faire un brin de causette ? Que pouvait savoir cet étranger de l'émotion et de la fierté qu'elle ressentait quand, suspendant un instant sa tâche, elle tendait l'oreille et reconnaissait les bruits provenant de son bureau ? Là, se disait-elle, il repousse la chaise de côté pour aller jusqu'à la bibliothèque. Là, il feuillette un de ses manuels. Et là, le parquet grince parce qu'il lit debout et se balance d'un pied sur l'autre. Là, il se rassied. Ah, et maintenant il rit de son rire de baryton parce qu'il vient d'écrire une phrase qui lui plaît. Mais, dans un instant – elle le savait et ne pouvait s'empêcher de sourire en y songeant –, il trouverait quelque chose à y redire et jurerait alors à mi-voix.

Seule celle qui aime tend ainsi l'oreille. Est-ce à dire qu'elle l'aimait ? Si on lui avait posé la question, la femme de ménage aurait eu l'air tout effarée. À peine si elle osait prononcer son prénom. Et si elle s'y risquait parfois, la nuit, tout doucement, allongée dans son lit, son cœur se mettait alors à battre à tout rompre. Antoine, Antoine. Et elle, comment s'appelait-elle ? Mirabella. Serait-ce possible ? Ce serait un vrai bonheur. Et, comme tout amour, un petit miracle.

Chapitre deuxième

La décision d'une jeune personne qui fourre partout son nez en trompette couvert de taches de rousseur. Rien n'échappe aux enfants. Peut-on remplacer les gens ? Les regards maternels, un sourire inattendu, le barbier de Séville, l'impassibilité du joueur de poker et un animal du fin fond de la jungle russe.

Il ne serait jamais venu à l'idée de personne que M. Grinberg ne voyait pas les enfants. Après tout, il répondait bien à leurs questions et leur tendait la laisse pour qu'ils promènent Holstein. Et quand Mathilda, le petit Lucas ou Paul lui demandaient de l'aide pour traverser la rue, ouvrir la lourde porte de l'immeuble ou leur faire un bon double nœud, il les aidait aussitôt. Il poussait les portes trop lourdes, traversait les rues dans un sens et dans l'autre, faisait et défaisait les doubles nœuds. Non, personne n'aurait jamais remarqué que M. Grinberg ne voyait pas les enfants. Personne, sauf bien sûr les enfants eux-mêmes. Car rien n'échappe aux enfants, ni les bouts de verre qui jettent dans le soleil des reflets vert émeraude, ni les antennes tremblantes d'un insecte, ni les brins d'herbe couchés par l'averse, ni les pattes démesurément longues d'un moustique[1].

Les enfants lui en voulaient-ils ? Pas vraiment. Ils n'avaient pas besoin de son attention ; leur monde était déjà plein de gens qui les observaient. De pères qui les examinaient pour se faire aussitôt du souci. De voisins qui les suivaient du regard dans l'escalier et les taxaient d'insolence. De sœurs aînées qui ouvraient sur eux de grands yeux dans un seul but, plisser ensuite le nez et secouer la tête. Et de mères qui remarquaient toujours que quelque chose clochait juste au moment où ils voulaient sortir. Les enfants connaissaient trop bien ces regards que les mères leur infligeaient sur le pas de la porte. Ils l'appelaient entre eux le regard Va-te-donner-un-coup-de-peigne. Ou le regard Tu-es-tombé-sur-la-tête-tu-ne-vois-pas-qu'il-pleut-enfile-tout-de-suite-ton-anorak[2].

Et il n'y avait pas que les mères – il y avait aussi les frères, les marraines, les professeurs, les cousines, les grands-mères, les oncles, les grands-pères, les camarades de classe… Les enfants ne parvenaient même plus à tous les compter, tant étaient nombreux ceux qui les regardaient, chacun les voyant d'ailleurs différemment. Pour les uns, ils étaient sans intérêt, pour les autres, insolents, et si certains les jugeaient tout simplement puériles, d'autres éprouvaient en leur présence le même frisson mêlé de fascination que dans un train fantôme.

Seule Mathilda, qui fourrait partout son petit nez en trompette couvert de taches de rousseur et avait sur tout une opinion bien personnelle, sans faille aucune, trouvait qu'il était du devoir de M. Grinberg d'accorder un peu d'attention aux enfants. Bon, peut-être pas à tous les enfants qu'il croisait… Mais si, au moins, il avait pu remarquer Paul au lieu de rester le nez plongé dans son journal, cela aurait arrangé tout le monde.

Cela faisait maintenant quelques semaines que la grand-mère de Paul était décédée, et Mathilda savait que Paul souffrait toujours en pensant à elle. La peine se lisait sur son visage, elle avait dessiné au-dessus de la racine de son nez un petit pli qui lui donnait l'air austère. Parfois, quand Paul se mettait en retrait tandis que les autres enfants jouaient, quand il s'immobilisait soudain et regardait dans le vide, alors Mathilda savait à qui il était en train de penser. Et elle voyait la grand-mère de Paul assise à côté de lui sur le banc, près du marronnier ; entre eux, un grand sac de cerises si noires, si pleines et si juteuses que leur seule vue donnait déjà faim. Elle les voyait piocher à tour de rôle dans le sac, manger, cracher les noyaux et papoter. En réalité, il n'y

avait que Paul qui parlait. Il bavardait, racontait sa journée. Il bavardait sans queue ni tête, au fil des mots, des situations et des événements, comme ça lui venait. Il bavardait, s'embrouillait et riait. Sa grand-mère se contentait d'écouter, les yeux tout brillants de tendresse.

Mais voilà, M. Grinberg ne s'appelait pas Anna, et il ne portait pas de foulards, pas de broches non plus, pas de colliers[3] ni d'étoles assorties à son rouge à lèvres. Il ne grimaçait pas le matin devant son miroir pour combattre « ce double menton de vieille peau ». Il ne faisait pas de gâteau préféré[4]. Il n'avait pas rangé sur l'étagère de son salon de coffret de jeux avec les petits chevaux. Il ne racontait jamais non plus d'histoires pour s'endormir. Il ne complétait pas « cet argent de poche de misère ». Il n'avait aucun faible pour les gourmandises, en dépit de son régime. Il ne connaissait ni les techniques d'aïkido ni la tradition des samouraïs. Il n'assistait jamais non plus aux compétitions où l'on décroche une nouvelle ceinture. Il ne passait pas l'après-midi à jouer au Petit Bac[5]. Il n'avait pas fait l'investissement d'une housse de couette aux couleurs du meilleur club de foot ni d'un T-shirt à l'effigie de l'idole du moment. Et, même s'il avait fait ou su tout cela, tout le monde sait qu'on ne peut pas simplement échanger les gens comme on échange sa chemise sale contre une autre.

Personne ne pouvait remplacer la grand-mère de Paul. Elle lui manquait, où qu'il aille, où qu'il soit. Néanmoins, pour Mathilda l'affaire était réglée : ce serait M. Grinberg, ce M. Grinberg grincheux, toujours un peu absent, pas désagréable mais quand même indifférent, lui et nul autre, qui veillerait désormais sur Paul. Pourquoi lui tout particulièrement ? Parce que Mathilda avait un jour surpris son sourire.

Elle était au parc et parlait avec Holstein du barbier de Séville. Pas du Barbier de Séville de l'opéra de Tortellini, non, de celui qui rasait tous les hommes de Séville.

Il faut d'abord s'imaginer l'exploit que cela devait représenter. Les Sévillans savaient bien que le barbier, obéissant à une obsession, ne pouvait faire autrement que de raser tous ceux qui ne se rasaient pas eux-mêmes. De sorte que tous se dirent bientôt : «Ma foi, à quoi bon prendre la peine ; je n'ai qu'à attendre que cet imbécile passe me voir.» À ce qu'il paraît, il avait aussi deux femmes à barbe dans sa clientèle, mais ça, c'est une autre histoire. Une nuit, l'heure était déjà bien avancée, le barbier se réveilla tout en sueur, tourmenté par une question cruciale.

«Maintenant, Holstein, écoute bien, avait dit Mathilda, assise par terre en tailleur à côté de la chienne. Voilà la question qui a fait le désespoir du pauvre homme. » Mathilda partagea son goûter en deux et en tendit une moitié à son interlocutrice. « Si le barbier de Séville rase tous les hommes qui ne se rasent pas eux-mêmes, et seulement ceux-ci, alors est-ce qu'il doit se raser lui aussi ? »

Mathilda avait tourné et retourné le problème, elle avait utilisé son cerveau et ses cellules nerveuses, ses synapses et ses neurones, ses récepteurs et tout ce dont sa tête était farcie, à en croire son livre de biologie. Elle avait presque autant transpiré qu'en potassant la liste des verbes irréguliers anglais. Mais elle eut beau sentir ses cellules plancher sur la question et fournir un effort tel qu'elle en eut presque des crampes au cerveau, elle n'en arriva à aucune conclusion logique, sinon bien sûr qu'il est des questions qu'il est parfaitement absurde de se poser.

Pendant cette conversation, M. Grinberg avait levé la tête de son journal et, chose incroyable, un sourire avait effleuré ses lèvres. Mathilda avait failli ne pas le remarquer – ce n'était qu'un léger tressaillement de la bouche, un bref éclat dans les yeux. C'était un sourire inattendu, aussi imprévu que certains orages d'été. Et, tout comme le ciel se voile subitement de noir, tout comme les premières grosses gouttes s'abattent sur le promeneur en quête d'un abri, le visage de M. Grinberg s'était éclairci en un instant, inondant Mathilda de joie. Elle ne pouvait que succomber au charme de ce vieux ronchon !

« Holstein, chuchota-t-elle sur un ton qui en disait long, et elle regarda la chienne qui, une fois de plus, se faisait les dents sur un journal que M. Grinberg venait de poser sur le banc. Holstein, je te le dis sans détour : nous ne devons reculer devant aucune dépense, aucune peine. C'est purement et simplement la meilleure solution, il faut que Hmm le voie. »

Par « Hmm », Mathilda entendait bien sûr M. Grinberg. Et par « le », Paul. Quant à ce qu'elle entendait exactement par « voir », elle ne le savait pas encore elle-même. Il ne s'agissait certainement pas de jeter un coup d'œil furtif comme on examine un nouvel élève à la dérobée. Ni de regarder fixement ou de travers. Il ne s'agissait certainement pas non plus de se regarder dans le blanc des yeux, ni de faire des yeux de merlan frit, comme parfois quand on doit passer au tableau. Oui, ce « voir » signifiait certainement tout autre chose. Quelque chose de particulier. Un regard pour lequel on a besoin de ses deux yeux. De ses deux yeux et de son cœur.

1. Récemment, alors qu'il était allé chercher le journal dans l'espoir de le lire en entier avant qu'Holstein ne le déchiquette, M. Grinberg vit un petit être humain de deux ou trois ans saisir un bout de verre. C'était un bout de verre tout à fait banal, de couleur verte. Toutefois, dans la lumière du soleil, il se métamorphosait en une émeraude étincelante.

« Mais qu'est-ce que tu fabriques ? » s'écria la mère, paniquée, en voyant ce avec quoi son fils avait espéré pouvoir jouer, et elle lui donna une tape sur la main. L'enfant ne broncha pas mais, qu'à cela ne tienne, M. Grinberg avait décidé d'expliquer le monde à sa mère.

« Chère madame, commença-t-il très dignement. Un simple bout de verre ne peut-il pas être la plus précieuse des pierres précieuses ? » Mais, avant d'avoir pu professer que tout dépend du regard qui se pose sur l'objet, il remarqua qu'Holstein mâchouillait quelque chose.

« Mais qu'est-ce que tu fabriques ? » s'écria-t-il en voyant les dégâts. La chienne avait une fois de plus fouillé dans les poubelles et dégoté une chose tout à fait indéfinissable.

Et c'est ainsi que M. Grinberg ne put faire appel à son philosophe favori. Car, lorsqu'il se retourna pour demander à cette chère madame s'il ne serait pas formidable de sonder le monde avec d'autres yeux, celle-ci avait déjà tourné les talons.

« Ne serait-ce pas formidable ? » demanda donc M. Grinberg d'un ton rêveur à sa chienne.

Holstein agita la queue en guise d'approbation.

Est-ce qu'elle pouvait continuer à mâchouiller ?
Non ? Eh bien, tant pis.

2. Évidemment, il y avait aussi le regard Vous-
êtes-encore-en-train-de-mijoter-quelque-
chose- je-le-sens-bien,
le regard On-voit-ton-slip-c'est-la-mode-ou-quoi-?,
le regard Je-te-l'avais-bien-dit-mais-tu-ne-veux-ja-
mais-m'écouter,
le regard Fais-un-gentil-baiser-à-mémé,
le regard Et-n'oublie-pas-tes-clés-pour-une-fois,
le regard Je-compte-jusqu'à-trois,
le regard Avec-toi-on-dirait-que-l'argent-il-n'y-a-
qu'à-se-baisser-pour-le-ramasser.

3. La femme de ménage de M. Grinberg avait exactement le même collier de perles que la grand-mère
de Paul, un collier qu'elle ne portait que pour les
grandes occasions. Récemment, en entrant dans la
cuisine, M. Grinberg remarqua ledit collier au cou de
sa femme de ménage. Le spectacle était si inhabituel
qu'il en oublia de regarder ce qui mijotait dans les casseroles. Et quand, en plus, elle lui apprit qu'elle allait
prendre une petite heure de liberté, c'en fut fait de sa
bonne humeur – en dépit des délicieuses pommes de
terre sautées qui embaumaient la cuisine. Un homme
de lettres fourre son nez dans des livres et non dans
les secrets d'alcôve d'autrui, aussi M. Grinberg ne
posa-t-il aucune question à Mirabella. Mais il aurait
quand même bien aimé savoir pour qui elle avait
ainsi sorti toute sa quincaillerie, et au beau milieu de
l'après-midi, en plus.

31

«Non, vraiment! ronchonna-t-il pour lui seul. Un accoutrement pareil, à son âge!» Holstein, la tête penchée de côté et l'œil humide, leva le nez vers son maître.

Était-ce l'heure de la pâtée? Non? Eh bien, tant pis.

4. Cette histoire de gâteau préféré, c'était quand même quelque chose! C'était comme les grandes feuilles de papier bleu qui servaient à recouvrir les livres et les cahiers quand la grand-mère de Paul était petite. À présent, dès qu'elle voyait l'une d'elles, la grand-mère de Paul se rappelait immanquablement ses années d'école. Un parfum lui revenait, le parfum un peu poussiéreux du passé, et elle se revoyait assise au deuxième rang, aux côtés d'une fillette aux cheveux blonds tressés en deux nattes épaisses. Ce bleu, c'était la couleur du temps qui passe, un bleu fané, mélancolique, qui annonçait la fin des grandes vacances, quand, installée dans la cuisine, elle aidait sa mère à recouvrir les livres.

Le gâteau préféré, en revanche, avait un parfum de liberté. Paul avait tant de fois demandé qu'on lui raconte l'histoire du gâteau préféré qu'il avait l'impression d'avoir lui-même assisté à l'arrivée des Américains, en mai 1945 : les coups de feu répétés, les roquettes tirées de part et d'autre, la peur, toujours là… Et puis les Alliés, enfin, qui franchissaient le pont, entraient dans la ville, surgissant tels des ombres tout d'abord, puis comme des tourbillons de poussière toujours plus épais… Les colonnes, qui remontaient la rue principale… Deux, trois, quatre,

Le gâteau sans-peur

① PRÉCHAUFFER

180°C

② beurre mou (150g)

180 g SUCRE ROUX

2 œufs

260 g farine

1 paquet de sucre vanillé

Sucre Vanillé

LEVURE
3 cuillères à café de levure

Farine

Bool de myrtille

YAOURT MYRTILLE
300g de yaourth à la myrtille

③ mélanger le tout sans écraser les myrtilles !

④ VERSER dans des petits moules

⑤ CUISSON

cuisson 20 minutes (jusqu'à ce que les gâteaux soient dorés

dix, vingt, quarante soldats… Encore et toujours plus, comme des larmes de soulagement roulant dans les rues de la ville.

Si sa sœur et sa mère s'étaient réfugiées dans la forêt pendant les combats, la grand-mère de Paul, elle, en avait eu assez. L'attente avait trop duré. Et c'est ainsi qu'elle les avait vus. Son étonnement alors, en les observant dans le pré.

« Mais qu'est-ce qui t'étonnait tant ? demandait Paul chaque fois, même s'il connaissait la réponse par cœur.

– De les voir comme ça se laver et se raser, comme n'importe qui d'autre. »

Et lorsque les Américains avaient continué leur route, quelques heures plus tard, l'un des soldats au visage joufflu lui avait offert un petit gâteau. Elle avait mordu dedans et agité la main en guise d'adieu, jusqu'à ce que l'homme ne soit plus qu'une petite tache sombre à l'horizon.

Paul demandait alors ce que c'était, comme gâteau.

Un muffin à la myrtille.

Il voulait savoir si elle avait trouvé ça bon.

Et comment ! Après la nuit passée à veiller, après les tirs de roquette, après la peur. Et comment, que c'était bon !

« Oui, mais quel goût il avait exactement, ce gâteau ? demandait Paul chaque fois, même s'il connaissait la réponse par cœur.

– Le goût de "La guerre est finie". »

Des années et des années plus tard, la grand-mère de Paul avait encore dans la bouche le goût de ce gâteau. Et si depuis, chaque samedi, elle faisait avec son petit-fils des muffins à la myrtille qui couronnaient leurs après-midi communs, jamais pourtant ils ne lui avaient procuré cette joie de vivre absolue qu'elle avait ressentie autrefois en comprenant qu'elle n'aurait plus à avoir peur désormais.

Quoi qu'il en soit, dans le cahier de recettes de Paul, on trouvait en bonne place celle du « gâteau sans-peur ».

5. Le jeu du Petit Bac était l'une des grandes passions de la grand-mère de Paul. Il n'y avait que la soirée du vendredi, qu'elle passait à jouer au poker avec ses amies du yoga, Élise et Manja, pour faire le poids contre une partie de Petit Bac. Persuadée d'être une véritable joueuse professionnelle, la grand-mère de Paul avait coutume de dire :

« Moi, au poker, j'aurais tout de suite mention très bien. »

Paul avait sur la question quelques doutes justifiés. D'abord, quelle était l'université qui décernait des mentions au poker ? Ensuite, dans les jeux d'argent, tout le monde le sait, l'important c'est de garder la tête froide. Or, la grand-mère de Paul était chaque fois si excitée qu'elle ne cessait de se tortiller sur sa chaise. Quant à afficher une mine impassible pendant la partie… eh bien, mieux vaut parler d'autre chose.

À vrai dire, la grand-mère de Paul ne gagnait que parce que Élise, cette bonne vieille toupie, n'avait toujours pas compris ce que sont une séquence, un full, un brelan, un carré ou une quinte-flush royale. En bref, elle n'avait pas la moindre idée des cartes qu'il fallait garder. Quant à Manja, elle oubliait toujours ses lunettes. Et puis… Oui, il est temps de révéler ici un secret : la grand-mère de Paul trichait dès qu'elle en avait l'occasion.

C'était une véritable tricheuse professionnelle. Et si on l'avait notée pour cette performance, elle aurait sûrement obtenu la mention très bien – ce qui n'avait pas empêché Paul de la démasquer quelquefois. Par exemple le jour où elle avait voulu lui faire croire que le baméléro est un mammifère peu répandu et le Bougoundie, une province proche de la Sibérie. Paul avait consulté l'encyclopédie, premier volume, lettre B, et l'avait pour ainsi dire prise la main dans le sac.

« Comment ça ? s'était-elle exclamée. Pas de baméléro ? Il doit sûrement y avoir une erreur. Passe-moi ce pavé. Eh bien, tu vois ! avait-elle triomphé, et, d'un doigt pointant la date de parution, elle avait balayé les reproches de son petit-fils : Ce dictionnaire date de l'année dernière, et le baméléro n'a été découvert que le mois dernier au fin fond de la jungle russe.

– Mais il n'y a pas de jungle, en Russie ! avait protesté Paul.

– Mais enfin, mon garçon, avait répondu sa grand-mère, bien sûr qu'il y a une jungle en Russie, à la frontière du Bougoundie, au bord de l'océan Impassible. »

Rien n'y faisait – pas même un sermon… Elle trichait. Et n'en éprouvait aucun remords.

Paul en était arrivé à la sage conclusion que cette tendance à tricher n'était pas un défaut, mais un réflexe inné. Or, tout le monde le sait, les réflexes sont involontaires. Si l'on effleure la commissure des lèvres d'un nourrisson, il tourne automatiquement la tête vers cette caresse, à la recherche du sein maternel. Quant à savoir ce qui provoquait le réflexe de tricherie chez sa grand-mère, Paul n'y voyait là qu'un grand mystère.

Quoi qu'il en soit, il fallait s'en accommoder. Elle préférait au Petit Bac le Grand Baratin. Ensemble, ils avaient donc pris la décision suivante : tout était permis, à condition que cela semble logique. Aussi logique qu'un mygalocureuil à carreaux noirs et blancs, qu'une baleine chocophage à grandes quenottes, qu'un pirouge à bajoues dorées ou qu'un papillon de quatre-heures fleurant bon la tarte aux pommes.

Chapitre troisième

DES QUESTIONS ABSURDES, SANS INTÉRÊT OU BRÛ-
LANTES, MAIS PAS UNE SEULE RÉPONSE SENSÉE. DES
CAILLOUX DANS UNE POCHE D'ANORAK, LE TRAINING
AUTOGÈNE. EST-CE AVEC LA PÂTE À PAIN QU'ON
FAIT LES BÉBÉS ? LA GROSSE JULIETTE. LES HAUTES
STRATES DE L'ATMOSPHÈRE ET L'ENCYCLOPÉDIE,
VOLUME 2, LETTRE C. UN ENFANT PERDU. RESTE-
T-ON SOI-MÊME MÊME QUAND ON CHANGE ?

Il y a effectivement des questions qu'il est
absurde de se poser : celle du barbier, par exemple,
ou encore celle de savoir si un zèbre est plutôt
blanc avec des rayures noires ou noir avec des
rayures blanches. Bien souvent, ces questions ne
surgissent même pas sous le couvert de la bêtise.
Elles s'imposent. Elles pérorent. Elles affirment
à qui veut l'entendre qu'elles sont impératives
et urgentes. Et finalement, le sont-elles ? Que
couic[1] !

Il y a aussi des questions qui relèvent de la
vieille école, d'une école qui n'a visiblement
jamais été ni jeune ni gaie. M. Grinberg était
un fervent défenseur de ce genre de question
et il passait son temps à en poser. Par chance,

il n'avait le plus souvent que Mirabella comme interlocutrice, et celle-ci ne l'écoutait pas. Hier encore, par exemple, ses voisins se montrant un peu plus bruyants qu'à l'accoutumée, et ce à presque six heures et demie du soir, M. Grinberg se mit à râler :

« Ça ne leur suffit pas de bavasser ? Il faut en plus qu'ils fassent la fête jusqu'à point d'heure[2] ? »

Comme chaque fois, Mirabella ne se donna pas la peine de répondre, tandis qu'Holstein se contentait d'ouvrir vaguement un œil.

Était-ce l'heure de la pâtée ? Non ? Eh bien, tant pis, grogna-t-elle et elle reprit son petit somme.

La plupart du temps, les choses se passent malheureusement ainsi : les seules questions qui nous semblent essentielles n'ont pour les autres aucun intérêt. Ou, disons, autant d'intérêt qu'il y a à prouver en cours de chimie, un lundi matin, la présence de sulfure dans un petit morceau de schiste bitumineux chauffé à blanc. C'est malheureux, mais c'est comme ça.

La cousine de Mathilda, de dix ans son aînée, se demandait par exemple depuis des jours si elle aimait Eddy, et toutes les larmes de son corps y passaient. Sa mère considérait cette question comme tout à fait secondaire. D'autant plus

39

secondaire que, dans peu de temps, trois cents invités viendraient porter un toast à la santé des jeunes mariés. Pour elle, le point essentiel était de savoir si l'on devait servir le saumon grillé ou en papillote. Problème qu'elle réexaminait presque toutes les heures en téléphonant à sa sœur. Mathilda, quant à elle, détestait le poisson – au four, grillé, mariné, à la vapeur, c'était du pareil au même. Les conversations téléphoniques de sa mère lui semblaient stupides et les pleurnicheries de sa cousine, complètement démesurées. Elle ne voyait pas comment on pouvait consacrer son temps à des broutilles comme la cuisson du poisson ou à un quelconque Eddy.

Mathilda avait confié à Juliette sa plus grande interrogation, à savoir comment obtenir son premier baiser, mais son amie n'avait apparemment pas mesuré l'importance de la question. Compte tenu du fait qu'elle dépassait tous les garçons d'une tête, cela faisait longtemps qu'elle s'était résignée à gagner la tombe sans en avoir jamais fait l'expérience. Et, s'il lui arrivait de soupirer, c'était à cause d'un groupe de filles du collège qui l'embêtaient régulièrement à l'arrêt de bus. Juliette en avait assez qu'on se moque d'elle, assez qu'on ne la prenne pas au sérieux. Même ses amis la taquinaient sur son physique. N'y avait-il donc personne pour se rendre compte que, même si elle riait avec les autres, son masque de Guignol cachait ses larmes ? Personne pour remarquer combien elle était isolée ? Personne pour remarquer qu'elle passait souvent ses récréations toute seule, dans son coin ?

Voilà les questions que se posait la grosse Juliette. Et puis d'abord, elle en avait marre. Il fallait que ça change. Elle n'en pouvait plus. Ça devait absolument changer.

Mais un peu de patience ! Bientôt, le jour viendrait où les choses changeraient. Bientôt...

Le chapitre des questions est-il enfin clos ? Pas encore. Il nous manque une catégorie, et pas des moindres. Celle des questions vieilles comme le monde, mais qui n'ont pas pris une ride : pourquoi certaines personnes naissent-elles riches et d'autres pauvres ? Pourquoi les gens ne parviennent-ils pas à s'entendre ? Qu'est-ce que la liberté ? Qu'est-ce que la justice ? Pourquoi y a-t-il des guerres ? Ces questions sont comme de la dynamite. Elles enflamment les esprits depuis toujours. Il y en a même qui sont si dangereuses qu'on ose à peine les penser.

C'était justement l'une de ces questions inquiétantes qui ne laissait pas Paul en paix. Chaque fois qu'il était allé rendre visite à sa grand-mère et avait posé son regard sur elle, la voyant si pâle, si maigre, il avait pris son élan pour parler... mais le courage lui avait ensuite

41

manqué et il avait ravalé la question qui lui brûlait les lèvres.

Un jour qu'ils prenaient le goûter ensemble, buvant du chocolat chaud et engloutissant des tartelettes framboise-chantilly, la grand-mère de Paul répondit d'elle-même à la question qu'il n'avait toujours pas posée.

« C'est comme ça, murmura-t-elle, bientôt, je serai parmi les cirrocumulus. »

Sans doute encore une de ces villes proches du Bougoundie, au fin fond de la jungle russe ? Ou peut-être cette fois une île de l'Adriatique mexicaine ? Une station de ski dans les Alpes caraïbes, entre la Papouasie et l'Indonésie ? Après avoir terminé sa tasse, Paul se leva et prit l'encyclopédie dans la bibliothèque, volume 2, lettre C.

Cirrus, cirrhose, cirrhotique... Ah, voilà, il avait trouvé. Paul lut l'article en suivant les lignes du doigt, mais il n'y comprit rien.

Cirrocumulus. *De cirrus et cumulus. Nappe de nuages composés de très petits éléments légers et moutonneux qui se forme dans les hautes strates de l'atmosphère...* Et soudain, il comprit : *Mon Dieu, c'est donc du ciel qu'elle veut parler !*

Il en eut le souffle coupé. Un instant seulement ou plus longtemps, impossible de savoir. Immobile, il demeura dans la même position, appuyé contre le mur, son bras droit replié sou-

tenant le livre, comme si ce bref éclair de lucidité l'avait pétrifié. Il la regarda. Elle n'avait rien remarqué. Elle était assise à table et terminait tranquillement son gâteau. Elle parlait, ouvrait et fermait la bouche, se penchait en avant, il vit aussi qu'elle riait. Il ne l'entendait pas. Elle tourna la tête dans sa direction, dans l'attente d'une réponse. Qu'avait-elle donc demandé? Il baissa les yeux et vit que ses mains tremblaient. Il avait le souffle court et le cœur battant, comme s'il venait de gravir au pas de course une montagne immense. Et puis, peu à peu, les sons lui parvinrent à nouveau, une voix chaude et douce. Elle demandait s'il voulait encore un peu de gâteau. Du gâteau? Paul secoua la tête, atterré. Pourquoi parlait-elle de gâteau? Le prenait-elle pour un imbécile?

Et soudain, il sentit monter en lui une colère si vive, si violente qu'il en fut lui-même effrayé.

«Non!» cria-t-il en jetant à terre l'encyclopédie.

Et comme elle restait sans comprendre, il cria :

«D'abord, pourquoi faut-il que tu meures, pourquoi?»

Rien n'avait pu y faire. Ni qu'elle lui explique sa maladie, ni qu'elle lui jure d'avoir tout tenté, ni même qu'elle lui décrive chacune des thérapies… Rien n'avait pu y faire. Paul ne pouvait et ne voulait comprendre. Inlassable-ment, il répétait :

« Mais pourquoi faut-il que tu meures, pour-quoi ? »

Et quand elle s'approcha de lui, posa sa main sur ses épaules et le regarda avec des yeux emplis de tendresse, il se dégagea brusquement et sortit en trombe de la pièce. Il traversa le couloir en courant, ouvrit toute grande la porte de l'appar-tement...

« Paul ! entendit-il derrière lui. Paul, attends ! » Mais déjà il dévalait l'escalier. *Sortir*, pensait-il, *la fuir*. Enfin, il était dehors. L'air frais lui fit du bien.

Il avait couru dans les rues sans savoir où aller, couru parmi les passants qui le regardaient d'un air étonné. Il en bouscula certains. Ceux-là lui criaient de faire un peu attention, mais il s'en fichait bien. Il trébucha, tomba, se releva, s'es-suya la main sur son pantalon sali et continua à courir. À un feu rouge, un homme lui demanda : « Qu'est-ce qui t'arrive, petit ? » et le prit par l'épaule.

Paul se dégagea et traversa en courant. Une voi-ture freina brutalement. Paul entendit les pneus crisser. Le conducteur klaxonna, puis s'emporta. Il s'en fichait bien. Il erra dans les rues, à droite, à gauche, sans but. Sur une place, des musiciens jouaient, un enfant passait parmi les spectateurs avec un chapeau. Paul avait l'impression d'être dans un rêve. Et comme dans un rêve, il entendait des voix, des murmures, des rires. Des portes battantes s'ouvraient. Des gens sortaient des magasins, les bras chargés de courses et de cabas. Chacun d'entre eux avait un but, un avenir. Il s'en fichait bien. Une pluie fine se mit à tomber, les gouttes lui ruisselaient dans le cou et la rue luisait d'un éclat sombre dans le jour déclinant. Épuisé, il s'assit sur un banc, juste sous un gros marronnier. Comme il était fatigué ! La tête bourdonnante, il s'allongea et se roula en boule. Il avait froid. Il n'avait plus de larmes. Un chien le renifla, aboya, posa ses deux pattes sur le banc et lui lécha le visage. Il s'en fichait bien. *Pourquoi faut-il que tu meures*, pensait-il, *pourquoi ?*

Qui le retrouva finalement ? Ses parents, sa grand-mère ? Il n'en savait rien. Il ne se souvenait que très vaguement d'une voix chaude et posée. On l'avait porté jusqu'à chez lui et il n'avait opposé aucune résistance.

Les jours avaient passé et Paul refusait toujours d'aller voir sa grand-mère. Il avait l'impression qu'elle l'avait trompé. *Menteuse*, pensait-il, *tu triches*. Et ce n'était pas comme pour le Petit Bac, il ne voulait pas s'en accommoder.

Parfois, il se disait : « De toute façon, bientôt, elle sera morte », mais son cœur se mettait aussitôt à battre la chamade. Et il le répétait

45

encore et encore : *De toute façon, bientôt, elle sera morte.* Mais cette phrase vide de sens résonnait dans sa tête. À vrai dire, il n'y croyait pas vraiment. Souvent, il oubliait même qu'elle allait mourir, et quand cela lui revenait tout à coup, au beau milieu d'un jeu déchaîné ou au détour d'une conversation avec ses copains, il avait honte et se sentait coupable. Et le soir, juste avant de s'endormir, quand son corps déjà engourdi reposait entre les draps propres, il se disait que ce n'était qu'un mauvais rêve, qu'il allait s'endormir et qu'il se réveillerait… Mais le matin, quand il ouvrait les yeux, tout lui revenait à l'esprit.

Un après-midi, poussé par un sentiment irrépressible – était-ce de la douleur, de la peur, de la colère ? –, il avait rassemblé tous les cadeaux qu'elle lui avait offerts et les avait posés par terre, au milieu de sa chambre. La housse de couette, les petites voitures, les bandes dessinées, les posters, les jeux, les livres… Il voulait tirer un trait. Mais ensuite il s'était trouvé ridicule et il avait remis chaque chose à sa place habituelle.

Finalement, c'est elle qui était venue. Elle s'était assise sur le rebord du lit, mais il lui avait tourné le dos, refusant de la voir. Elle ne se laissa pas décourager pour autant. Elle attendit. Dans le silence, il percevait son souffle régulier et les bruits quotidiens qui lui parvenaient, assourdis.

Une conduite d'eau qui glougloutait, des bruits de pas, quelqu'un qui claquait la porte. Les minutes s'étiraient, infinies, dans la douce lumière de l'après-midi. Et, soudain, une fatigue ineffable s'empara de lui, et il se résigna, et accepta cette pensée – elle allait mourir, c'était un fait indiscutable, elle allait mourir. Et cette pensée abjecte, nauséabonde, qui l'horripilait, le traversait comme une douleur physique, et le submergeait d'un amour et d'une tristesse immenses. Et il ne s'y opposa plus. La tristesse ne se contenta pas de lui serrer le cœur, elle vint se nicher jusque dans les moindres recoins de son corps, inondant même la pièce et déposant telles de petites particules invisibles, une brume légère sur chaque chose : la table, la chaise, la fenêtre… Tout était enrobé d'un voile de tristesse. Tout était tristesse.

Lentement, centimètre par centimètre, car il fallait pour cela une force, un courage infinis, il se tourna vers elle. Il la regarda et vit comme elle avait maigri, comme elle avait pâli et vieilli. Et pourtant, c'était toujours elle. Plus mince, le visage marqué par la maladie, mais c'était bien elle [3].

« Mon Paul, murmura-t-elle. Mon petit… »

Alors Paul se jeta dans ses bras. Et ils restèrent ainsi enlacés.

1. Évidemment, il y a aussi des questions qui surgissent sous le couvert de la bêtise et qui ne sont en réalité pas si bêtes que ça. Quand le petit Lucas était au CP, il avait l'habitude d'emporter dans les poches de son anorak une poignée de cailloux qu'il posait à côté de lui dès qu'il s'installait pour jouer. Sa mère était inquiète, cela va de soi. *Comme compagnons de jeu*, songeait-elle, *il y a quand même mieux qu'une poignée de cailloux*. Et, comme le font souvent les mères angoissées, elle consulta ses amies pour savoir quelle attitude adopter vis-à-vis de Lucas. Évidemment, chacun y allant de sa méthode, les conseils fusèrent. Une amie déclara que, pour venir à bout de cette fâcheuse histoire, il n'y avait rien de mieux que la réflexologie plantaire. Une autre fit l'éloge des traitements utilisant l'énergie des pierres précieuses. Une troisième recommanda les fleurs de Bach, tandis qu'une quatrième ne jurait que par l'équilibre du yin et du yang. Pour finir, la mère de Mathilda prit la parole : « Est-ce que tu as déjà essayé le training autogène ? » *Le training autogène…*, entendit Mathilda qui passait justement par là – ou peut-être avait-elle un peu écouté à la porte du salon, mais enfin, peu importe. Un entraînement pour être gêné de son propre comportement ? Juste parce qu'il transportait des cailloux dans sa poche ? C'était quand même un peu exagéré. D'accord, il fallait savoir reconnaître ses erreurs, mais, comme sa mère avait l'habitude de le dire quand son père se levait de table pour aller voir où en était le match de foot : « Là où y a de la

gêne, y a pas de plaisir ! » Était-il donc vraiment indispensable de s'entraîner à être gêné ? Priver un enfant de sa dignité pour quelques cailloux de rien du tout, vraiment, cela allait trop loin ! Et, comme elle fourrait volontiers dans les affaires des autres son nez en trompette couvert de taches de rousseur et qu'elle avait sur tout une opinion bien personnelle, sans faille aucune, Mathilda fit dès le lendemain ce qu'apparemment personne n'avait osé faire jusque-là. Après la sonnerie, une fois le cours terminé, elle alla voir Lucas et lui demanda pourquoi il transportait des cailloux dans sa poche.

« Pour qu'ils ne s'ennuient pas.
– Pour qu'ils ne s'ennuient pas ? »

Et voilà comment Mathilda apprit que, si Lucas transportait partout ces cailloux, c'était pour qu'ils ne voient pas toujours la même chose et leur éviter la routine. « Le travail éloigne de nous l'ennui », disait la mère de Mathilda. Mais là, il lui fallait bien admettre que les cailloux ne pouvaient tout de même pas travailler. Mathilda, en tout cas, trouvait le raisonnement de Lucas très sensé, et tous deux devinrent amis. Ensemble, ils cherchèrent un endroit d'où on avait une belle vue. Et quand ils eurent repéré un coin idéal, au sommet d'une colline, ils y transportèrent les cailloux. C'était là que se trouvaient désormais ceux de Lucas.

2. M. Grinberg ne se contentait pas de poser des questions grognon ; ses réponses aussi avaient souvent un arrière-goût bileux. Il prenait ainsi un malin plaisir à donner aux questions qu'il jugeait inutiles des réponses inutiles. Bien souvent, il était si généreux en la matière qu'il rendait même la monnaie de la pièce avant d'avoir été payé. On aurait pu regrouper en une vaste collection de volumes inutiles tous ces traits d'esprit tout aussi inutiles mais, Dieu merci, personne n'avait encore jamais songé à les noter consciencieusement.

Et voilà, une fois de plus, il n'a pas pu s'en empêcher… Mirabella, qui faisait la vaisselle, se retrouve soudain sans eau chaude. Comme cela a le don de l'énerver et qu'elle veut en avoir le cœur net, elle se rend dans le bureau de M. Grinberg.

« Vous n'auriez pas encore pris un bain, ce matin, par hasard ? »

M. Grinberg lève alors le nez de son journal, l'air effrayé : « Pourquoi ? il en manque un ? »

Mirabella ouvre la bouche. Lui dira-t-elle enfin ses quatre vérités ? Elle s'y apprête, puis se ravise et secoue la tête. Elle le connaît trop bien. Peut-on s'attendre à avoir avec lui une conversation entre adultes ? Non. Et à obtenir une réponse à sa question ? Non plus. Alors, pourquoi se donner tant de peine ? La femme de ménage soupire, fait demi-tour et retourne à sa cuisine. Et, tandis que M. Grinberg savoure sa victoire, elle injurie un placard : « Gros bêta, *stupido*, *imbecillo*. » Et si elle n'avait pas fermé, ou plutôt claqué, la porte derrière elle en signe de mécontentement, c'est sûr, on entendrait maintenant M. Grinberg glousser derrière son journal.

Quant à Holstein, que fait-elle ? On se le demande. Ravie, elle agite la queue.

Est-ce l'heure de la pâtée ? Non ? Eh bien, tant pis.

3. Reste-t-on soi-même même quand on change ? Paul, en tout cas, en était persuadé. Même avec cette horrible maladie en elle, sa grand-mère restait sa grand-mère. Ce qui signifiait une seule chose : qu'il l'aimait. Car, évidemment, la maladie avait changé sa grand-mère : elle était plus frêle, plus faible, et aussi un peu plus calme. Soucieux, Paul l'observait à la dérobée. Et, comme si elle avait entendu la question qu'il se posait, elle répondit : « Il y a des choses que je ne peux plus faire, et des choses que je ne veux plus faire. Tout simplement parce que… »

Elle n'eut pas besoin de continuer. Lui aussi sentait que le temps était devenu précieux, que la vie avait gagné en densité et en contours. Au côté de sa grand-mère, elle était devenue précise, concrète, palpable.

Souvent, la grand-mère de Paul se contentait de rester assise. Et, tandis que les autres la croyaient perdue dans ses pensées, elle observait : au jardin, les oiseaux chantaient leur refrain matinal, dans la cour le linge flottait sous un vent léger, puis le soleil, enfin, se levait lui aussi au-dessus des toits, inondant la ville de sa lumière dorée. Elle regardait les terrasses, le linge gonflé par le vent, les arbres, et avait alors l'impression qu'une pensée en elle, une pensée longtemps enfouie, se reflétait dans le monde, se fondait en lui. Pendant toutes ces années, elle n'y avait pas prêté attention, elle avait souvent été impatiente et distraite, ses joies et ses soucis quotidiens l'avaient

51

absorbée tout entière. Mais à présent, dans le petit matin, cela devenait si évident, *comme tout est beau*, se disait-elle. Et, touchant la main de son petit-fils, elle sentait sa chaleur et sa présence. *Comme tout est beau*, pensait-elle, étonnée. Et c'était le même étonnement à la fois inquiet et grisant qu'elle avait ressenti autrefois, quand elle était enfant.

Chapitre quatrième

LES PREMIERS PAS D'UNE HISTOIRE MYSTÉRIEUSE. LA
JEUNE PIANISTE MAIGRE. DÉCOUVERTE D'UN TRÉSOR
INESTIMABLE. DES OREILLES EN FEUILLE DE CHOU.
QU'EST-CE QUE LA BEAUTÉ ? MIEUX VAUT ALLER
FAIRE UN TOUR CHEZ LES MAORIS ET LES BIRMANS.
LE BON VIEUX TEMPS. UN VŒU DOIT-IL ÊTRE RÉA-
LISTE ? À CHAQUE RÉPONSE SENSÉE SA QUESTION
SENSÉE.

La plupart l'auront deviné, c'était bien sûr
M. Grinberg, ou plus exactement Holstein, qui
avait trouvé Paul – transi, sale et complètement
épuisé. Et c'était aussi M. Grinberg qui, malgré
son mal de dos, avait porté l'enfant jusqu'à chez
lui, non sans avoir auparavant demandé son aide à
Mirabella. « *Topolino, che cosa hai fatto ?* Qu'est-
ce que tu as fait ? Ça ne peut quand même pas
être si grave ? *Topolino*, tu verras, tes parents te
pardonneront », murmura la femme de ménage à
l'oreille de l'enfant.

Dès le lendemain, Mirabella envoya
M. Grinberg chez les voisins avec une assiette de
biscuits maison afin qu'il prenne des nouvelles
du petit souriceau transi. C'était bien la moindre

des choses. Et, bien sûr, elle fit le guet à la porte de l'immeuble, et quand M. Grinberg lui rapporta pourquoi l'enfant avait fugué, elle le regarda avec ses petites rides d'inquiétude autour des yeux.

« Que faire ? » demanda Mirabella.

M. Grinberg haussa les épaules. Que faire ? Que pouvaient-ils bien faire, eux ? Rien du tout.

Ce n'est que l'après-midi, après avoir pris quelques notes et lu quelques pages et alors qu'il sortait pour sa promenade quotidienne, que M. Grinberg se souvint. Le Livre des questions. Il n'y avait plus songé depuis son enfance. Et voilà qu'après tant d'années, cette mystérieuse histoire lui revenait sans effort, tranquillement, comme par un tour de passe-passe.

Il tenta de se rappeler comment il avait eu ce livre, autrefois. Était-ce le fils de la concierge qui le lui avait donné, le garçon avec les oreilles en feuille de chou[1] ? Non, c'était un camarade de classe. Oui, exactement, c'était un camarade de classe. Comment s'appelait-il, déjà ? Il s'appelait... Il avait son nom sur le bout de la langue. Il se souvenait encore de sa bouille ronde couverte de taches de rousseur. De ses cheveux bruns tirant sur le roux. De ses boucles qui lui tombaient toujours devant les yeux et qu'il rejetait en arrière d'un geste impatient. Et, bien sûr, de son large sourire quand il venait de placer l'un des bons mots à l'origine de sa triste réputation.

Avec ses professeurs, il ne reculait devant aucune insolence, mais arborait alors une mine si innocente qu'il était impossible de deviner qu'il avait parfaitement conscience de ce qu'il disait.

Il s'appelait... Jean. Dans un élan de joie, M. Grinberg se tapa les cuisses de ses deux mains. Jean Meudon. M. Grinberg s'assit sur le banc, près du marronnier, et déplia son journal[2]. Mais il ne parvenait pas à se concentrer sur sa lecture, il pensait à Jean Meudon, à ses bons mots impertinents. Puis il se revit à dix ans et se souvint de son grand chagrin d'alors.

Il était tombé amoureux de la jeune pianiste maigre qui donnait des leçons à ses sœurs. Un sentiment étrange, inhabituel et, somme toute, plutôt désagréable l'avait tourmenté pendant des semaines. Chaque fois qu'elle entrait, il rougissait, bégayait et ne savait plus que faire. Dès qu'il entendait sa voix dans le couloir, son corps lui semblait soudain trop long, trop maigre, trop gauche. Il était anxieux. Et alors qu'il ne voulait pas quitter sa chambre, son refuge, il se sentait irrémédiablement attiré par cette voix, à l'extérieur. Quand il se retrouvait de nouveau assis à son bureau, il ruminait encore et encore les paroles misérables qu'il était parvenu à articuler en sa présence au prix de bien des efforts[3]. Comme il rêvait alors d'être un autre, d'être adulte et fort[4]...

Évidemment, ses sœurs n'avaient pas tardé à se rendre compte de son état, ce qui avait donné lieu à bien des moqueries. C'était gênant, certes, mais supportable. Jusqu'au jour où, venu pour demander la permission d'aller au cinéma avec un ami, il avait surpris sa famille en pleine conversation. Bien sûr, il aurait dû frapper à la porte et attendre qu'on l'invite à entrer, mais il était pressé et ne voulait pas rater la séance. Sans réfléchir plus longtemps, il avait ouvert la porte. Il n'était pas resté plus d'une demi-minute sur le seuil sans qu'on le remarque, mais cela avait suffi pour qu'il entende sa grande sœur parader. Depuis peu, elle avait le droit de rester au salon quand ses parents invitaient des amis pour le thé. Et ce jour-là il l'entendit divertir la galerie avec l'histoire cocasse du grand bêta qui rougissait jusqu'aux oreilles le lundi et le samedi, quand la jeune pianiste maigre venait donner ses leçons.

Il crut mourir de honte. Et quand il vit que ses parents riaient de bon cœur avec les autres, il s'enfuit de l'appartement à toutes jambes. Aujourd'hui, il savait qu'ils ne s'étaient pas vraiment moqués de lui. Ils ne l'avaient pas pris au sérieux, voilà tout, ils n'avaient pas cru en son amour pour la jeune femme. Ils avaient ri comme on rit d'une lubie puérile. Mais ce n'était pas une lubie, c'était son premier amour[5]. Il avait détesté sa sœur, à ce moment, détesté ses parents et surtout, il s'était détesté lui-même – oui, il avait détesté le monde entier.

On devait bien voir qu'il n'était pas dans son état normal. Jean ne lui aurait sinon jamais proposé de l'accompagner, car, même s'ils se connaissaient, ils n'étaient pas vraiment proches. Et, pourtant, le petit Antoine Grinberg n'avait pas hésité à demander à son camarade de classe s'il pouvait lui prêter un peu d'argent. Il voulait partir au plus vite, tourner le dos à l'Europe et s'engager comme mousse sur un bateau. « Cette nuit même », avait-il déclaré[6].

Ils avaient fait un tour dans le jardin municipal : la fontaine, l'allée de platanes, le café – le café, l'allée de platanes, la fontaine. M. Grinberg s'en souvenait comme si c'était hier. Ils avaient parlé pendant des heures. Pour finir, Jean l'avait pris par la main et lui avait fait jurer de garder le silence, tout cela avec cet air si innocent qu'il était impossible de deviner s'il était sérieux ou non. Puis il l'avait emmené dans une des caves de son immeuble et lui avait remis le Livre des questions.

Ah, le Livre des questions ! Trésor inestimable[7]. Avant de le sortir de sa cachette, il s'était assuré que toute la maisonnée était endormie. Pieds nus, il s'était glissé jusqu'à la porte, l'avait entrebâillée avec la plus grande précaution et avait risqué un œil sur le palier. Ils dormaient ?

57

Oui, tout était sombre ; ses parents, ses sœurs, la bonne, tous dormaient, et même l'étudiant en lettres classiques qui logeait dans la mansarde avait éteint sa lampe.

Il avait ouvert le livre. Au loin, les cloches de l'église sonnaient. Et, sous le halo tremblant de sa lampe de poche, il s'était mis à lire.

Plongé dans sa lecture, il n'avait pas remarqué que la nuit était passée. Il tendit l'oreille et reconnut les premiers chants des oiseaux. Le soleil encore pâle jetait entre les rideaux épais de sa chambre un mince filet de lumière. Il referma le livre en hâte et le cacha sous une pile de vêtements avant que sa mère n'entre pour le réveiller. Toute la journée, il attendit avec impatience de pouvoir continuer la lecture de ce livre où les enfants, depuis des siècles, inscrivaient leurs peines et leurs questions. Et de savoir qu'il ne faisait qu'un avec eux, qu'il connaissait leurs vœux les plus secrets et leurs peurs cachées, qu'il prenait part à leur destin, partageait leurs inquiétudes et leurs joies... que tous ces enfants étaient comme lui tantôt courageux, tantôt abattus, qu'ils étaient heureux ou angoissés, justes ou détestables... de savoir que chacun d'eux, chacun de ces enfants, soutenait celui qui était dans la peine – car oui, il sentait qu'ils étaient solidaires les uns des autres depuis des siècles –, tout cela éveillait en lui un sentiment de joie insoupçonné. *Je ne suis pas seul*, exultait-il, *j'ai des amis, par centaines, par milliers, et ce depuis des siècles et pour encore des centaines d'années.*

Au bout de trente jours, c'est le cœur serré qu'il s'était séparé du livre. Il le fallait bien, il savait qu'il ne lui appartenait pas. Il appartenait à tous les enfants qui avaient besoin d'aide.

Il avait remis le livre à son cousin qui rêvait d'étudier mais devait renoncer au lycée parce que son père voulait qu'il reprenne l'affaire familiale. Auparavant, il avait bien sûr ajouté sa propre histoire et une question. Là encore, Jean lui avait donné la consigne :

« Tu verras, avait-il dit, des phrases s'efface-ront pour que tu puisses écrire à ton tour quel-ques pages.

– Mais comment est-ce possible ? avait demandé Antoine Grinberg. Et comment le livre peut-il prédire le nombre de pages qu'il me fau-dra ? »

Ses questions étaient restées sans réponse mais, une fois sa lecture achevée, il avait effecti-vement découvert quelques pages libres brillant d'un pâle éclat. Et, en les observant par trans-parence, il avait discerné l'empreinte discrète de mots anciens.

Il avait réfléchi longuement avant de se lan-cer, puis constaté avec étonnement que l'histoire qu'il avait écrite était bien différente de celle qu'il avait eu l'intention de raconter. Quant à sa question, il lui avait fallu presque une semaine pour la trouver.

Ah, si seulement j'avais encore ce livre, songea M. Grinberg. *Si j'avais encore ce livre, je le donnerais à ce pauvre petit bonhomme.* Il réfléchit : il pourrait peut-être appeler son cousin... Oui, pourquoi pas ? Mais cela faisait des années qu'il n'avait plus de contact avec lui. Non vraiment, c'était ridicule. D'ailleurs, il avait sûrement donné le livre à quelqu'un d'autre depuis bien longtemps. Combien d'années s'étaient écoulées ? Cinquante ? Selon toute vraisemblance, le livre n'existait sans doute même plus. Quelle idée saugrenue ! M. Grinberg était atterré par sa propre bêtise.

Il soupira. C'était sans espoir. Et pourtant, s'il pouvait mettre la main sur ce livre...

1. Non, vraiment… Voilà un homme qui a labouré les champs immenses de la science jusqu'à leurs confins et bouleversé plus d'une fois la communauté intellectuelle, et que fait-il, cet homme estimé même par ses détracteurs pour son inflexible amour de la vérité et sa parfaite intégrité ? cet homme accueilli partout avec crainte et respect ? Il nous mène en bateau, sans aucun complexe. Car lesdites oreilles en feuille de chou n'étaient pas celles de son voisin, non, elles ornaient sa propre tête, et celle de personne d'autre. Celles-ci ne manquaient d'ailleurs pas de mettre en joie son entourage, surtout au retour de ses visites chez le coiffeur. Une joie à la mesure des trente degrés qui séparaient le bord de son oreille de la paroi crânienne. Autrement dit : il était la risée du quartier. Peut-être était-ce pour cela qu'il avait préféré passer toute sa scolarité au dernier rang plutôt qu'au premier. Peut-être était-ce pour cela qu'il s'était toujours montré infernal avec ses professeurs, pour que ses singeries compensent l'extravagance de ses oreilles. Ou peut-être pas.

À quoi peuvent bien servir des oreilles décollées ? Eh bien, elles empêchent par exemple un chapeau trop grand de masquer la vue de celui qui le porte. Ce qui peut s'avérer très utile. Cependant, les oreilles proéminentes de M. Grinberg l'avaient surtout poussé à se poser des questions. Qu'est-ce que la beauté ? Est-elle immédiate ou bien se forge-t-elle au fil des ans ? Et si elle est toujours en devenir, où se situe-t-elle alors ?

1bis Un jour, après avoir pris leur petit déjeuner ensemble, M. Grinberg et Mathilda s'assirent sous le marronnier. Ils discutaient. Ou plutôt : M. Grinberg écoutait, tandis que Mathilda développait des considérations de première importance. Pour elle, cela ne faisait aucun doute : le vœu le plus cher d'un bègue était de s'exprimer clairement, celui d'un boiteux, de marcher droit, et celui de Juliette, de maigrir. Même si Juliette, assise dans l'herbe avec Holstein, ne savait peut-être encore rien de ce souhait profond. Car, tandis qu'Holstein la regardait tristement et gémissait de temps à autre comme le font tous les chiens, Juliette dévorait une grosse part de tropézienne. Pendant ce temps, Mathilda exposait son point de vue en long et en large. Finalement, elle résuma :

« Il faut ce qu'il faut.

– Mais, demanda M. Grinberg, pourquoi est-ce qu'il faut ? »

Mathilda le regarda d'un air incrédule. Depuis que le monde était monde, un homme avait-il jamais interrompu une enfant pour lui poser une question aussi idiote ?

« Eh bien, parce qu'elle est purement et simplement trop grosse.

– Trop grosse pour qui ? s'enquit M. Grinberg, avant de poursuivre : Chez les Maoris, les chefs se font tatouer le visage. Et en Birmanie, on met des anneaux au cou des adolescentes pour qu'il s'allonge.

– Et alors ? » demanda Mathilda. Sans blague, que venaient faire les Maoris et les Birmans dans cette histoire ?

Quoi qu'il en soit, Mathilda apprit cet après-midi-là quelque chose qu'elle se proposa de mettre en pratique dans la cour de l'école dès le lendemain : pour savoir ce qui est beau pour les gens d'ailleurs, il faut avoir passé au moins six mois avec eux. « La recherche sur le terrain, c'est comme ça que ça s'appelle », expliqua Mathilda à ses amies et, après avoir voté, elles décidèrent par trois voix contre deux de se lancer elles aussi dans cette discipline afin de découvrir ce que les habitants de l'autre côté de la cour avaient dans le crâne. Qui n'observe rien n'apprend rien, dit le proverbe. Mais, en dépit de leur intention de consacrer au moins six mois à leur projet – et de s'y adonner corps et âme –, le petit groupe renonça dès la fin de la grande récréation. Car écouter pendant six mois des conversations sur les voitures, les avions et le football, c'est à vous déprimer même la plus solide des filles. « Mieux vaut encore aller faire un tour chez les Birmans », conclut Mathilda, et la séance fut levée.

2. Plongé dans ses pensées, M. Grinberg songeait à son enfance – si brève, si belle. C'était quand même incroyable : à peine avait-il eu le temps de regarder autour de lui, de faire une chose ou deux que, déjà, il se retrouvait assis sur un banc près d'un marronnier, les cheveux gris. « On se demande bien comment c'est possible, soupira-t-il. Hein, brave bête… »

Holstein posa sa patte sur le genou de son maître et reçut en échange quelques négligentes caresses. La main de M. Grinberg dessinait des sillons mécaniques dans le poil de la chienne, tandis que ses pensées vagabondaient sur les chemins du passé. Une fois de plus, M. Grinberg louait le bon vieux temps et se plaignait de l'époque actuelle, en tout point plus médiocre que ce qu'il avait connu autrefois. Si quelqu'un avait osé lui dire que, aux temps heureux de sa jeunesse, de vieux messieurs assis sur des bancs prétendaient déjà que tout était bien mieux autrefois, mon billet qu'il aurait alors répondu : « Ah, parce que toi, petit malin, tu sais comment ça se passait, autrefois ? » Eh bien, qu'il se complaise dans ses souvenirs, s'il n'y a que cela pour lui faire plaisir ! Pendant ce temps, Holstein, couchée sous le banc, somnolait dans le soleil. De temps en temps, elle levait la tête et lançait une œillade furtive en direction de M. Grinberg. Un de ces regards magnifiques qui se refusent aux faux-semblants… et aux descriptions.

3. À Mathilda aussi, il lui arrivait de bégayer en présence de certains représentants du sexe masculin et de se lamenter ensuite sur sa gaucherie. La proximité de son professeur de mathématiques, par exemple, était pour elle une véritable torture. Pas plus tard que la veille, elle s'était retrouvée toute déconfite au tableau, les yeux fixés sur l'exercice qu'elle avait à résoudre. Inutile de s'arracher autant de cheveux que l'enseignant, le monde est ainsi fait : pour les uns, les formules mathématiques n'ont aucun secret, tandis que les autres s'y perdent comme dans une forêt maudite. Pourquoi philosopher plus longtemps sur la question ? Face à des losanges, Mathilda faisait preuve d'un certain scepticisme, voilà tout. Même chose pour les trapèzes et les parallélépipèdes. Quant à l'écriture fractionnaire et aux pourcentages, elle ne voulait même pas en entendre parler.

4. À dix ans, M. Grinberg rêvait d'être quoi ? Adulte et fort ? La bonne blague. Non, vraiment, si Mathilda avait eu vent d'une bêtise pareille, elle n'aurait pas hésité à dire ce qu'elle en pensait, car par principe, elle avait sur tout une opinion bien personnelle, sans faille aucune. Et, dans le cas de garçons assez bêtes pour rêver de devenir adultes, elle aurait sans doute mis en doute leur faculté de parvenir un jour à conquérir le cœur d'une jeune fille. Ce que les femmes veulent ? Mathilda n'en savait fichtrement rien. À en croire sa mère, les femmes rêvent d'hommes qui soient capables de mettre leurs chaussettes, non pas à côté, non pas devant, non pas derrière, mais *dans* le panier à linge. Et à en croire sa tante… Mais parlons plutôt de Mathilda. Si Mathilda avait pu émettre un souhait quant à l'homme idéal, elle aurait dit sans hésiter : «Qu'il sache voler, ce serait purement et simplement pharamineux.» Bon, il n'était pas non plus indispensable que ce soit quelque chose d'aussi exceptionnellement exceptionnel que de voler. Elle se serait contentée d'un homme qui puisse devenir invisible ou qui sache lire dans les pensées. Elle n'était pas ingrate. Et elle ne cherchait pas toujours la petite bête, contrairement à la compagne d'oncle Hubert, qui avait osé critiquer la *saltimbocca* de sa mère, aussi célèbre que redoutée, et fait remarquer que l'escalope n'était pas assez fine. Pas assez fine ? Oui, c'étaient les propos exacts de cette petite effrontée. Moyennant quoi la mère de Mathilda avait un jour demandé à l'oncle Hubert d'où la petite effrontée en question pouvait bien connaître l'épaisseur idéale d'une

65

escalope italienne, elle qui n'avait pas grandi à Rome, mais à Lons-le-Saunier. Pour en revenir à Mathilda, voici ce qu'elle aurait noté sans hésiter sur la liste de ses vœux. Premier vœu : qu'il sache voler. Deuxième vœu : qu'il puisse devenir invisible. Troisième vœu : qu'il sache lire dans les pensées. Je le concède, ce ne sont pas des vœux facilement réalisables. Mais franchement, un vœu doit-il absolument être réaliste ?

5. Mathilda aussi avait été la risée de son entourage à cause de son premier amour, mais, à l'inverse de M. Grinberg, elle ne s'était pas enfuie de l'appartement à toutes jambes, non, elle avait clairement et simplement expliqué les faits à ses parents car, quand on parle clairement et simplement aux adultes, on a de fortes chances d'être compris. Pourquoi avait-elle deux amoureux, à six ans ? Eh bien, pour la simple et bonne raison qu'elle avait reçu en même temps deux lettres portant cette question : «Est-ce que tu veux être mon ammoureuse ?» Et comme à cheval donné on ne regarde pas les dents, elle avait deux fois dit oui (même si elle eût préféré qu'on lui propose un chien). Et puis d'abord, avait-elle expliqué à son père qui voulait savoir ce que venait faire ce brave canasson dans ses affaires de cœur compliquées, et puis d'abord il pouvait être utile d'avoir un remplaçant au cas où, si l'un des deux tombait malade, par exemple. Ce que son père jugea très sensé, surtout quand on sait qu'il existe plus d'une centaine d'agents pathogènes responsables du rhume.

6. Ah ! La mer, l'aventure, comme il avait aimé ça…
Aujourd'hui encore, les titres de ses livres préférés
produisaient sur lui un effet enchanteur. *Billy Budd,
Moby Dick, Lord Jim, L'Île au trésor, Robinson Crusoë.*
Il n'avait qu'à les prononcer comme on savoure posé-
ment un verre de vieux porto, lentement, en jouisseur,
que déjà il entendait le doux murmure des vagues et
le battement léger, engageant, des vieilles voiles dans
le vent. Enfant, il lui suffisait d'ouvrir un livre sous le
halo étroit de sa lampe de chevet et, soudain, au bout
de quelques lignes, il ne se trouvait déjà plus dans son
lit ou blotti sous une couverture dans le vieux fauteuil,
mais franchissait la passerelle étroite qui le conduirait à
bord du navire. Comme ses héros, il admirait et redoutait la nature. Comme eux, il était toujours nostalgi-
que. S'il rejoignait la terre ferme, l'horizon l'attirait, et
il guettait avec impatience le lointain, scrutant la ligne
invisible où la mer et le ciel ne font plus qu'un. Si son
navire, en revanche, dépassait des côtes inconnues, il
avait le sentiment que celles-ci lui chuchotaient : « Par
ici, viens, il y a tant de choses à découvrir. » Aujourd'hui
encore, M. Grinberg était sous le charme des livres.
Chacun d'eux était un monde nouveau, inconnu. Un
monde fourmillant d'êtres, d'histoires, d'aventures et
de légendes. Un monde dans lequel il fallait plonger,
se laisser emporter, pour atteindre la vie mystérieuse
qui palpite entre les pages. Il avait compris cela très
tôt. Pourquoi se contenter de soi quand on pouvait
être Tom Sawyer, un prince, un mendiant ou l'empe-
reur de Lilliput ? Aujourd'hui encore, quand tout était
calme dans son bureau, quand, assis parmi les odeurs
de papier et de poussière, il ne pensait à rien en parti-

culier, il lui semblait parfois les entendre appeler. Pas
aussi nettement qu'autrefois, dans son enfance, mais il
percevait encore une rumeur, un murmure. «Par ici»,
lui susurraient les livres. Des voix profondes, impé-
rieuses, enjôleuses. «Par ici, susurraient-elles. Viens, il
y a tant de choses à découvrir.»

7. Mathilda aussi avait été en possession d'un livre qu'elle aimait beaucoup et… Ah non ! Ça suffit, maintenant ! Faut-il vraiment que cette môme montre partout le bout de son nez ? Ne lui a-t-on donc pas appris les bonnes manières ? Ne sait-elle pas que les enfants ont à se tenir tranquilles quand les adultes racontent ? et qu'on ne peut pas toujours se débarrasser sans détour de ce qui nous brûle les lèvres, et sans considération du moment ? Enfin quoi, cette gamine ne peut-elle donc pas attendre sagement son tour ? Non, elle ne peut pas. Pourquoi le devrait-elle, d'ailleurs ? Et d'abord, ce n'est pas l'enfant qui s'immisce ainsi entre les lignes, mais l'auteur qui fait une petite place à l'enfant, même si ce n'est que dans une note.

« Quoi ? Dans une note, c'est tout ? » protesterait sûrement Mathilda, consciente de l'attention due à sa petite personne et à sa dignité. De quoi peut bien parler ce chapitre pour qu'elle n'y trouve pas la place qui lui revient ? De vieux papiers jaunis et friables. De lettres que l'âge a fait pâlir, si bien qu'on devine leur sens plus qu'on ne le saisit. De peines d'enfants écrites d'une plume appliquée.

Si M. Grinberg avait été amené à expliquer ce livre à Mathilda, il se serait raclé la gorge et, après un petit temps de réflexion, il aurait sûrement dit ceci :

« C'est le Livre des questions.

– Des questions ?

– Oui, aurait répondu M. Grinberg. Les enfants posent beaucoup de questions.

– Ah, quelle horreur ! » se serait écriée Mathilda qui connaissait déjà tout cela par cœur. Leur professeur de sciences avait en effet dit exactement la même chose. « Les enfants… », avait-il soupiré en fixant un point au-dessus de leurs têtes, comme s'il lisait sur le mur d'en face les mots qu'il prononçait, « … les enfants vous tuent à force de questions. » Ce en quoi ils avaient bien raison, d'après lui, car il n'y avait rien de plus passionnant que de combler une à une ses lacunes scientifiques. Et, debout devant le tableau noir, il avait solennellement déclaré que, dorénavant, dans son cours, aussi vrai qu'il s'appelait Benjamin Gravier, ils chercheraient ensemble les réponses à ce qu'ils voulaient vraiment savoir. Pourquoi le ciel est bleu alors que l'air est incolore ? Comment le bébé arrive-t-il dans le ventre de sa mère et le courant, dans la prise ? Et, comme il n'y avait rien de plus passionnant au monde que de faire jaillir la lumière dans les zones d'ombre de leur culture générale, il leur avait répété et rabâché pendant cinq semaines tout ce qu'ils étaient censés savoir pour le prochain contrôle s'ils ne voulaient pas mourir idiots.

« Ah, quelle horreur ! » se serait écriée Mathilda, épouvantée. Le Livre des questions ? N'avait-elle pas déjà eu à en pâtir pendant cinq longues semaines ? « Non merci », aurait-elle dit. Elle avait eu sa dose de réponses.

« Mais qui te parle de réponses ? Il s'agit de questions.

– De questions ?

– Parfaitement, aurait répondu M. Grinberg avec douceur. Qu'en dis-tu, mignonne, y a-t-il quelque chose de plus captivant que de trouver à chaque réponse sensée une question sensée ? »

Chapitre cinquième

LE PASSÉ TOUJOURS PRÉSENT. TROIS NOUVELLES VRAIMENT INJUSTES. UNE BONNE VRAIE FRAYEUR NE GUÉRIT PAS SEULEMENT DU HOQUET. DES COMPLIMENTS QUI FONT ROUGIR DE PLAISIR JUSQU'AUX OREILLES. DES LACETS TROP LONGS. LES ÉTRANGERS SONT-ILS TOUJOURS DES ÉTRANGERS À L'ÉTRANGER ? LE BATEAU DE THÉSÉE.

Vous vous rappelez ? Vous avez encore en tête l'endroit où nous avons laissé notre héroïne ? Il y a trois chapitres, elle était assise par terre dans un parc et parlait à un chien[1]. Et comme cette petite est loin d'être un modèle de patience, il est grand temps de lui laisser à nouveau l'occasion d'intervenir. Mais, avant toute chose, une rapide explication. Cette histoire est un peu désordonnée. Elle avance gaiement sans réfléchir, zigzague entre les époques. Certains ne manqueront pas de noter qu'il y a là quelque chose de louche. Pourquoi parle-t-on du passé comme s'il était présent ?

Si l'on respectait ici les conventions grammaticales, il faudrait, c'est sûr, parler de la grand-mère de Paul au plus-que-parfait.

Et si celle-ci était encore en vie, elle expliquerait

71

maintenant : « Le plus-que-parfait ? C'est un paradis de glaces antarctiques dans l'archipel d'Hawaii. »

Un paradis de glaces ? À Hawaii ? Bon…

Paul lui, filerait sans doute tout droit jusqu'à la bibliothèque, mais ce qu'il trouverait dans l'encyclopédie, volume 7, lettre P, ne le convaincrait pas. Plus-que-parfait : *temps corrélatif de l'imparfait exprimant généralement une action passée accomplie* – voilà ce qu'il pourrait y lire.

Si c'était à la grammaire de décider, la grand-mère de Paul serait définitivement de l'ordre du passé, c'est sûr, puisqu'elle ne vit plus aujourd'hui. Seulement, dans ce roman, c'est le cœur qui décide. Et quand quelqu'un pense chaque jour à sa grand-mère, alors c'est que le passé fait encore partie du présent. Même la grammaire doit pouvoir comprendre qu'une grand-mère, on ne peut pas l'emballer comme ça dans un bout de papier, la ficeler avec quelques jolis rubans et, ni une ni deux, l'expédier dans la nuit des temps.

« La grammaire, ferait alors remarquer la grand-mère de Paul, est un dangereux rongeur… »

Dès le lendemain, Mathilda avait oublié son projet d'amener Paul et M. Grinberg à se rencontrer. Il y avait plusieurs raisons à cela. Pour commencer, elle avait appris que deux de ses copains de classe recevaient deux fois plus d'argent de poche qu'elle. Et comme si ce n'était pas déjà assez injuste, ils n'avaient même pas à descendre les poubelles pour obtenir leur dû ! Ensuite, sa mère lui avait préparé pour tout goûter des tartines de pain de seigle beurrées. Et, comme si ce n'était pas déjà assez catastrophique, un petit du CP s'était installé à côté d'elle pour manger son sandwich au Nutella. Pour finir, ils ne l'avaient pas attendue pour commencer la réunion, à l'autre bout de la cour. Et comme si ce n'était pas déjà assez odieux, Juliette s'était cette fois octroyé le rôle de Mathilda, dirigeant les opérations de vote à sa place.

Tous les élèves de la classe s'était réunis autour d'elle pour discuter et procéder au vote en bonne intelligence. Par vingt-trois voix contre deux, il fut décidé qu'il fallait éteindre d'un souffle commun la petite lueur que M. Gravier voulait faire jaillir dans les zones d'ombre de leur culture générale.

Par vingt-deux voix contre trois, ils en arrivèrent à la conclusion que M. Gravier avait un grain. Par vingt-trois voix contre deux, ils décidèrent que, si M. Gravier était possédé par l'idée de satisfaire la curiosité des enfants, c'était parce qu'il souffrait d'un mal congénital. Par vingt et une voix contre quatre, ils furent d'avis qu'il existait des traitements contre ce genre de mal. Néanmoins, il leur fallut encore deux interminables heures de cours avant de découvrir presque par hasard le seul remède vraiment efficace contre les réponses : les questions.

Si la mère de Lucas ne lui avait pas acheté des lacets trop longs et si ceux-ci ne se défaisaient pas sans arrêt, si la grosse Juliette n'avait pas marché dessus sans le faire exprès, et fait tomber Lucas, qui s'était blessé et senti mal à la vue de son genou tout écorché, alors il n'aurait sans doute jamais posé cette question au beau milieu du cours : « Mais pourquoi est-ce que les lacets, ça se défait toujours ? »

Et comme il n'y avait rien de plus passionnant que de poser des questions, de se montrer curieux et de chercher des réponses, toute la classe débattit tout d'abord du pourquoi et du comment. S'agissait-il d'une loi de la nature ou d'un phénomène naturel ? D'une malédiction ou d'un malheur ? De poisse ou d'un problème mécanique ? Et, comme les questions essentielles se devaient de figurer dans un classeur, toute la classe débattit ensuite de l'endroit où devait être rangée la question des lacets : dans le classeur bleu « Terre et univers », dans le vert « Découvertes et inventions », dans le jaune « Faune et flore » ou bien plutôt dans le rouge « Le corps humain » ?

«Le corps humain» l'emporta par vingt-trois voix contre deux. À ce stade-là, M. Gravier avait déjà la tête enfouie dans ses deux mains, ou peut-être fixait-il au contraire le plafond d'un air désespéré. Et, puisqu'ils en étaient aux questions intéressantes, la grosse Juliette proposa alors de se pencher sur un autre débat essentiel et demanda si quelqu'un avait déjà gagné une chose de valeur à la fête foraine. Mais ce fut Mathilda, demandant à la cantonade si quelqu'un pouvait l'aider en maths, qui acheva M. Gravier. «Après tout, je m'en contrefiche, si vous voulez finir dans les cloaques de l'ignorance!» hurla-t-il alors, et il jura que lui, Benjamin Gravier, avait dorénavant bien l'intention de suivre le programme à la lettre, sans plus se soucier de ce qu'il y avait derrière, devant ou à côté.

Par vingt-deux voix contre trois, ses élèves trouvèrent que c'était quand même un peu dommage.

Ce n'est qu'au moment de s'endormir, après s'être échinée à expliquer à sa mère le scandale de l'argent de poche et des poubelles, que Mathilda se souvint de son projet de réunir Paul et M. Grinberg. Allongée dans son lit, les paupières déjà lourdes, elle écoutait les cliquetis sourds et réguliers du radiateur, les grincements du parquet et de l'armoire dont le bois semblait parler. Mathilda connaissait bien ces bruits et les aimait. Elle les associait à son foyer, à sa chambre, à sa mère, à la tombée de la nuit et à la sensation de chaleur et de bien-être qui l'inondait quand, après le bain, elle se retrouvait sous sa couette douillette. Pour une raison inconnue, ces bruits la firent cette fois penser à M. Grinberg. *Bon*, se dit Mathilda. Elle ouvrit à peine les yeux et murmura : « Petit Rabbijésusmarieallahbouddhamondieu[2] ». Car il valait mieux être prudent, elle ne savait pas en qui M. Grinberg croyait.

« Petit Rabbijésusmarieallahbouddhamondieu, murmura-t-elle, fais qu'il arrive quelque chose d'unique, quelque chose d'exceptionnellement exceptionnel. Quelque chose de si exceptionnel que M. Grinberg en restera comme deux ronds de flan. »

Car Mathilda était d'avis qu'un bon choc suffirait à faire changer M. Grinberg. Une bonne frayeur peut bien faire passer le hoquet, de même qu'un D en mathématiques l'avait bien poussée à ouvrir ses livres de classe. Mathilda croyait dur comme fer à sa théorie. Rien ne valait une bonne vraie frayeur, une frayeur – brr ! – comme celle qu'on ressent dans le grand huit. Et, pour clouer le bec aux pinailleurs et aux dubitatifs, elle pouvait même démontrer sa théorie par une preuve purement et simplement pharamineuse : l'oncle Hubert. Quand le centre des impôts s'était rappelé à lui, celui-ci avait en effet eu une telle frayeur qu'il avait pris la poudre d'escampette.

Du jour au lendemain, il avait tout quitté : son appartement près d'Angers, son Opel Zafira, sa cave à vin et sa compagne (la petite effrontée). L'oncle Hubert avait subi un choc terrible, si terrible qu'il vivait maintenant à l'étranger[3].

Mathilda n'en démordait pas, il fallait juste qu'il arrive à M. Grinberg quelque chose d'unique, d'exceptionnellement exceptionnel, quelque chose qui le réveillerait, le secouerait et le ferait réagir, et alors il finirait bien par les voir, tous ces enfants – à commencer par Paul.

Comment ça ? Elle ne savait donc pas que M. Grinberg avait remarqué Paul depuis longtemps ? Qu'il l'avait porté, complètement épuisé et transi, jusqu'à chez lui ? Qu'il était allé prendre de ses nouvelles le lendemain ? Et que, depuis, il ne parvenait pas à l'oublier ? Non, elle ne le savait pas. Car personne ne le lui avait dit.

Mathilda aurait été bien en peine de dire précisément ce qu'elle entendait par « exceptionnel », même si elle avait bien sûr quelques idées. Au moins une par jour. Selon son humeur. Quand elle sentait par exemple son estomac crier famine, Mathilda se représentait une table chargée de victuailles – du rôti froid, du jambon, du poulet, des pommes de terre sautées, des boulettes de viande, des tortellinis au fromage, des saucisses de Strasbourg, des escalopes panées, des tartelettes à la fraise, des crêpes à la confiture, des chocolats pralinés, des galettes pur beurre, des hamburgers, de la glace à la vanille, du gâteau au chocolat, des gaufres encore chaudes et du sirop d'érable. Sans oublier quelques bouquets de brocoli, bien sûr, pour les vitamines. C'était trop? Bon, eh bien, sans le brocoli, alors.

Quand elle s'ennuyait en cours, elle rêvait d'assister à une détonation assourdissante, aussitôt suivie d'un orage rose, d'un torrent de grêle fuchsia et d'une éclipse de soleil couleur chocolat, si épaisse qu'il lui serait impossible de noter ses devoirs (hélas, trois fois hélas…), même à la lumière de puissants plafonniers.

Quand elle faisait avec sa mère la queue à la caisse du supermarché et qu'elle en avait assez d'attendre, elle rêvait de voir tout le monde autour d'elle s'endormir subitement. Soudain, sans prévenir, la terre entière se figerait pour quelques minutes et elle serait la seule à rester éveillée. À elle les bonbons et les biscuits!

Et quand elle bâillait à la table du petit déjeuner, le matin, elle se disait que si les objets pouvaient dire ses quatre vérités à sa mère, ce serait quand même une bonne chose. «Hé! dirait sa tasse Petit Ours Brun chérie, celle qu'elle avait depuis le CP. Cette enfant a besoin de plus d'argent de poche, même si elle ne range pas ses affaires. Et un hamac dans sa chambre, ce serait purement et simplement pharamineux. Sans compter que cela fait deux ans qu'elle réclame un chien – d'accord, l'appartement est petit, mais il y a aussi des chiens de petite taille. Et encore une chose : les autres ont le droit de rester tous les jours dehors jusqu'à dix heures et personne ne les oblige à se coucher à neuf heures et demie. »

Mais bon, il n'était pas non plus indispensable que ce soit quelque chose d'aussi exceptionnellement exceptionnel que le coup de la tasse Petit Ours Brun. Mathilda était certaine que même quelque chose de ridiculement exceptionnel pouvait faire des miracles.

« Petit Rabbijésusmarieallahbouddhamon-dieu, murmura Mathilda, fais au moins qu'il arrive quelque chose de ridiculement riquiqui. »

1. Holstein adorait qu'on lui parle. Et si Mathilda lui avait en plus gratouillé le menton, alors là… En vérité, mis à part une belle tranche de mortadelle, il n'y avait rien de plus beau au monde pour Holstein que d'écouter parler une personne familière, à condition, bien sûr, que cette personne s'adresse gentiment à elle. Elle préférait mille fois qu'on lui dise « Sale teigne » d'une voix tendre que d'être traitée de « Brave bête » sur le ton dur de la remontrance. Pour ça, elle tenait de M. Grinberg, qui adorait qu'on le caresse dans le sens du poil et qui, de plaisir, rougissait jusqu'aux oreilles au moindre compliment. Est-ce que Holstein comprenait ce qu'on lui disait ? Comment le savoir ? D'ailleurs, est-ce si important ? Holstein écoutait les voix, et non les mots. Et si elle n'avait pas été un chien, mais un être humain, on aurait pu dire que la vérité était pour elle de l'ordre de la sensation, et non de la pensée. Mais comme un chien reste un chien, même quand il prend part aux conversations les plus animées, on ne peut affirmer avec certitude que ceci : Holstein comprenait ce qu'elle était en mesure de comprendre – exactement comme cette bonne vieille Élise qui, devant les règles du poker, était comme une poule devant un couteau et perdait inévitablement chaque partie. En avait-elle moins de plaisir à jouer ? Pensez-vous ! Pour Holstein, c'était la même chose, elle agitait toujours gaiement la queue.

2. Si Lucas avait su à qui Mathilda s'adressait chaque soir, il lui aurait donné un conseil épatant : ajouter à sa liste Odin, le dieu des Vikings qui, ne l'oublions pas, possédait un cheval à huit jambes et accomplissait par-dessus le marché les actes les plus vaillants, alors qu'il était borgne. Seulement, qu'est-ce que cela aurait donné ? Petit Rabbiodin. Petit Jésusmarieodin. Petit Odinbouddhaallah. Et pourquoi ajouter Odin, et pas Vishnu ou Krishna ? Mami Wata ou Tengri ? Ame-no-Koyane, Jord ou Yurlunggur, le grand python sacré ? Shichifukujin, Olodumare ou Papa Legba ? Ogu, Baka, Mawu ou Baha'u'llah ?

2bis Ici, l'oncle Hubert se contenterait sans doute de hausser les épaules et de dire : « Ogu ? Baka ? Mawu ? Ils sont tous gagas. Décidément ils ne peuvent pas donner à leurs dieux des noms convenables ? Non, petite, franchement, qu'avons-nous à faire des dieux des Indiens, des Peaux-Rouges, des Japonais ou des Africains ? Tous des étrangers. »

2ter Sauf qu'à l'étranger, les étrangers ne sont justement plus des étrangers. Et que celui qui, comme l'oncle Hubert, a suffisamment d'aplomb pour prétendre qu'un Japonais reste un étranger même au Japon, ou qu'Ame-no-Koyane est un nom barbare, ne prouve qu'une seule chose : qu'il ne comprend rien à rien.

2quater De son petit nez en trompette, Mathilda n'avait certes pas humé l'air de beaucoup de pays, mais elle savait une chose : des dieux, il y en avait une flopée. Ou plutôt, peut-être n'y avait-il qu'un seul dieu, mais celui-ci avait une flopée de noms. Et si elle avait dû tous les apprendre, elle aurait sans doute dû y passer des mois, sans même être certaine d'y arriver.

2quinquies Encore que l'entreprise était promise à de meilleurs résultats que ce rabâchage des verbes irréguliers anglais.

3. Bien que l'oncle Hubert vive à l'étranger, il avait organisé son exil de manière à pouvoir déclarer avec la plus grande satisfaction que ce n'était finalement pas si mal, c'est-à-dire, selon ses propres termes, presque aussi bien que chez nous. Pour l'oncle Hubert, ce qui était bien était ce qui était connu, et il se fichait complètement de savoir si ce qui était connu était effectivement bien. Il achetait donc les mêmes revues, mangeait les mêmes aliments et commandait les mêmes plats. Il discutait avec ses voisins des mêmes sujets et échangeait avec eux les mêmes cancans. Quant à son canapé trois places en cuir et son fauteuil de relaxation, ils étaient strictement identiques à ceux qu'il possédait avant.

Oui, l'oncle Hubert se sentait tout à fait à son aise dans son nouvel environnement. Et s'il n'y avait pas eu tous ces étrangers, malheureusement inévitables à l'étranger, il aurait hoché la tête avec contentement et aurait dit : « Ah, ce qu'on est bien chez soi ! »

Il aurait pu aller au bout du monde et même un peu plus loin, parcourir les routes les plus tortueuses des pays les plus reculés, observer les rites les plus étranges. Cela aurait-il changé quelque chose ? Non.

« Voyons, c'est impossible ! » se serait écrié M. Grinberg, et il aurait raconté à l'oncle Hubert son histoire favorite : « Les Athéniens admiraient tant un certain Thésée qu'ils conservèrent cent ans son bateau… »

Mais avant qu'il ait eu le temps d'expliquer que les Athéniens faisaient remplacer les bordages au fur et à mesure que le bois pourrissait, l'oncle Hubert se serait poliment éclipsé. Et M. Grinberg n'aurait pas pu poser la question qui, depuis des siècles, donne du fil à retordre à tous les philosophes de la planète, car l'oncle Hubert... Mais attendez voir ! Ce vieux bateau, avec ses beaux bordages tout neufs, peut-on encore dire que c'est le bateau de Thésée ? Aucune idée. En revanche, une chose est sûre, ceux qui traînent partout leurs préjugés et refusent de changer ne serait-ce qu'une planche de leurs bordages sont bornés, chez eux... comme à l'étranger.

Chapitre sixième

MÊME LES PROFS DE FRANÇAIS FONT DES ENFANTS.
UN VIEUX DICTON. UNE ÉMISSION DE TÉLÉVISION ET
LE FOND DU GOUFFRE. UN COUP DE FIL. UN CHA-
PELET DE LAMENTATIONS POUR UNE CONCLUSION
FINALEMENT HEUREUSE.

EST-CE PAR L'ENTREMISE DE CETTE
PRIÈRE que la femme de ménage de M. Grinberg
se foula le poignet, et ce exactement deux jours,
cinq heures et trente secondes après que Mathilda
eut pour la première fois marmonné « Petit Rabbijésusmarieallahbouddhamondieu[1] » ?   Est-ce
parce que Mme Lamentin, la prof de français,
était tombée enceinte ? Même si, pour être sin-
cère, on se demandait bien comment elle avait
fait, car personne, pas même Mathilda qui avait
sur tout une opinion bien personnelle, sans
faille aucune, ne l'avait jamais vue en compagnie d'un seul homme. La prof de français ne parla bientôt plus que de prénoms[2],
de sa courbe de poids et du vaste problème
des vergetures, se retrouva finalement dans
l'impossibilité d'accompagner l'autre
classe de sixième en voyage scolaire.

Ce qui fait que le prof de musique dut la remplacer et partir avec vingt-cinq élèves à la découverte du monde fabuleux de la ferme, en dépit de son rhume des foins et de ses protestations. Du coup, le premier cours de Mathilda, le cours de musique, fut tout simplement annulé. C'est pourquoi le lendemain, en rentrant du collège, Mathilda décida de ne pas faire tout de suite ses devoirs, mais de s'installer devant la télé. Et ce n'est donc que le lendemain matin, alors qu'elle voulait s'atteler à ses exercices de mathématiques, à l'heure où aurait dû avoir lieu le cours de musique, qu'elle remarqua qu'il lui manquait son cahier, ce qui posait bien sûr un problème de taille. Après un rapide coup d'œil en direction de sa mère, elle décida qu'il serait plus judicieux de rester discrète et de se rendre à la papeterie du coin après le petit déjeuner. Voilà comment Mathilda traversa la rue exactement au moment où la femme de ménage sortait de l'immeuble avec Holstein. Le hasard voulut qu'Holstein eût une fois de plus mâchouillé une pantoufle de M. Grinberg et que, ayant été mise au régime en guise de punition, elle n'eût encore rien eu à se mettre sous le croc de la matinée. C'est alors que la chienne avisa Mathilda et, songeant immédiatement à la moitié d'un délicieux goûter, elle se mit à aboyer, à agiter la queue et à tirer sur sa laisse. À tirer si fort que

Mirabella perdit l'équilibre, jura et laissa échapper son filet à provisions. Voulant à tout prix le rattraper, elle chancela, chavira, virevolta, vacilla, trébucha sur un pavé et s'étala de tout son long.

Car comme le dit un vieux dicton : Tant on met le chien à la diète qu'à la fin sa maîtresse se rompt le cou.

Bref, s'étant foulé le poignet droit, la femme de ménage de M. Grinberg prit quelques jours pour aller se reposer chez sa sœur à Asti, en Italie. Avant de partir, elle présenta à M. Grinberg une remplaçante telle qu'il en avait toujours rêvé. Harnachée d'un tablier blanc amidonné, elle époussetait les livres et les bibelots avec un plumeau multicolore, sans jamais rien déplacer sur un coup de tête, sans jamais rien ranger à un endroit extravagant. Elle ne claquait jamais la porte derrière elle lorsqu'elle quittait l'appartement pour aller faire les courses. Elle lavait et repassait le linge sans rester des heures au téléphone avec sa sœur. Elle mettait les chaussettes dans le tiroir en les rangeant toujours par paires : une bleue avec une bleue, une marron avec une marron, une noire avec une noire. Elle n'apportait jamais à M. Grinberg ni cadeaux, ni bibelots, ni napperons dont il ne savait que faire et qui envahissaient néanmoins son salon. Elle n'allait jamais le voir pour se plaindre d'Holstein et ne dénigrait pas à longueur de temps l'éducation qu'il donnait à sa chienne. Elle ne lui parlait ni de sa sœur, ni de son émission préférée, ni de son mal de reins ou du voisin du second. À vrai dire, elle ne disait jamais rien, excepté «Bonjour» quand elle arrivait le matin et «Bon après-midi» quand elle repartait, après le déjeuner. Et, s'il lui arrivait par hasard d'avoir quelque chose à demander à M. Grinberg, elle frappait à la porte de son bureau et attendait pour entrer qu'on l'y ait conviée.

Aucun doute, la nouvelle employée de maison était exemplaire. Une perle. Si parfaite que M. Grinberg, désespéré, la renvoya au bout de quelques jours. Qui aurait pu s'y attendre ? M. Grinberg regrettait Mirabella, cette casse-pieds de haut vol qui le houspillait sans cesse et lui reprochait de passer tout son temps dans son bureau à gratter du papier, même quand il faisait beau. Il regrettait les chansons qu'elle fredonnait pendant qu'elle rangeait et faisait la cuisine, mais ce qui lui manquait le plus, c'était la délicieuse odeur de pommes de terre sautées qui envahissait l'appartement. Ça et un public avide de ses devinettes[3]. M. Grinberg était au bout du rouleau. Quant à Holstein, elle ne mâchouillait même plus de pantoufles depuis que Mirabella s'était foulé le poignet.

Si Mathilda avait été un peu moins pressée et si la femme de ménage l'avait un peu plus intéressée, si elle avait été pour elle autre chose que l'un de ces innombrables anonymes peuplant la planète, elle aurait certainement remarqué la mine déconfite qu'affichait Mirabella en sortant de l'immeuble avec Holstein. Mirabella faisait pourtant l'impossible pour avoir l'air détaché mais, sans le vouloir, elle ne cessait de secouer la tête d'un air contrarié. Alors quand en plus elle se retrouva étalée par terre à cause de cette bête indomptable, elle décida que c'en était trop et qu'elle n'avait plus rien à faire ici. Une demi-heure plus tôt, M. Grinberg était rentré de sa promenade matinale, un bouquet de fleurs à la main. Les fleurs étaient déjà un peu fanées et, à vrai dire, carrément moches, mais Mirabella, en les voyant, n'en crut pas ses yeux. Car si M. Grinberg avait déjà ramené de ses promenades divers végétaux, jamais pendant toutes ces années il ne lui avait rapporté de bouquet de fleurs.

« Des fleurs », dit M. Grinberg. Il posa le bouquet sur la table. Et, comme il était à court d'idées, il tourna les talons et s'enferma dans son bureau. Il s'était déjà mis au travail quand on frappa à la porte. Mirabella entra. Elle regarda ses mains pendant un moment, puis se racla la gorge et déclara finalement que rien ne lui avait jamais fait autant plaisir de toute sa vie. M. Grinberg rougit jusqu'aux oreilles et haussa les épaules. « Vraiment, ce n'est rien du tout, une bricole », protesta-t-il, flatté. Mais quand sa femme de ménage assura encore que, avec cette petite attention, il lui avait procuré une joie immense, il ne fit ni une ni deux et déclara : « N'en parlons plus, ce ne sont que des roses et un peu de verdure. D'ailleurs, elles étaient en promotion. »

Sur quoi le pauvre homme fut bien en peine de comprendre pourquoi Mirabella fit alors volte-face et quitta la pièce en claquant la porte[4].

Cela faisait déjà trois jours qu'elle était à Asti, chez sa sœur. Et depuis trois jours, quand ils s'asseyaient ensemble pour regarder à la télévision l'émission préférée de Mirabella, M. Grinberg répétait chaque soir à sa chienne : « Ça ne peut pas continuer comme ça, Holstein. Demain, je l'appelle et je lui dis de rentrer. » Le quatrième jour, enfin, il mit son projet à exécution.

« Allô ? Ici Grinberg », dit-il quand on décrocha, puis il se tut. Mais qu'est-ce qui lui avait pris d'appeler ? de balbutier : « Allô ? Ici Grinberg » ? Aucune courtoisie… C'en était presque choquant. Effroyable ! « Allô ? Ici Grinberg. » Mais quel guignol !

Il entendit un léger bruit à l'autre bout du fil, comme si le combiné passait de main en main. Pas un mot, pas une phrase en tête, rien qu'un bourdonnement : il avait l'esprit vide. *Mon Dieu*, pensa-t-il au bout de quelques secondes qui lui parurent une éternité, *je ne connais même pas un mot d'italien! Mais comment ai-je pu être aussi imbécile? Et d'ailleurs, même si je parlais italien, tout cela est aberrant.*

La situation lui parut soudain terriblement embarrassante. Si embarrassante qu'il en eut les mains toutes moites et la bouche sèche. *Mais quel andouille je fais*, pensa-t-il, *je suis vraiment le dernier des crétins. Si on me voyait!*

Il faut bien l'avouer, M. Grinberg n'avait pas fière allure. Pour tout dire, il faisait même vraiment pitié. Il était tout ramassé sur lui-même, et la panique avait marbré son visage de taches rouges. À moins de le connaître, on aurait eu bien du mal à l'envisager comme un grand érudit, quelqu'un capable d'écrire des articles interminables que personne ne comprenait, quelqu'un qui connaissait les coutumes, les légendes et les traditions de bien des peuples et des cultures, quelqu'un qui savait tout des expériences auxquelles sont confrontés les êtres humains.

« M. Grinberg ? C'est bien vous ?

– Mirabella », soupira M. Grinberg. Et soudain les mots se bousculèrent en une plainte interminable. Il fit le décompte de ses maux, raconta qu'il ne dormait pas bien. Que du coup il se levait épuisé et qu'il n'avait même plus la force d'aller se promener l'après-midi. Que ce qu'on lui servait à manger n'était pas digne de porter le nom de « repas », à moins d'aimer les carottes vapeur. Qu'il n'avait pas reçu de courrier, pas même une publicité. Que la pluie n'avait pas cessé depuis trois jours. Que l'ampoule du plafonnier de la salle de bains avait grillé. Qu'il ne retrouvait pas son gilet gris, celui avec le trou au coude. Qu'il avait mal aux reins. Qu'on faisait des travaux de rénovation assourdissants à un ou deux immeubles de là. Et que, pour couronner le tout, le prix de l'essence avait encore augmenté.

Pour quelqu'un qui calculait toujours avec précision ce que Mirabella gaspillait en coups de fil inutiles vers l'Italie, M. Grinberg gaspilla, lui, une somme astronomique. Pourtant, il n'eut pas un seul instant l'impression de jeter son argent par les fenêtres ; enfin, il entendait la voix de Mirabella, même si celle-ci ne dit pas grand-chose de plus que «Oh!», «Ah bon!» ou «Eh bien, mon pauvre…»

Pour finir, après avoir encore mis à mal le système des retraites, M. Grinberg demanda sur un ton revêche : «Et comment va votre poignet?

– Ah, monsieur Grinberg, soupira Mirabella, avant de murmurer tout bas dans le combiné : À moi aussi, vous me manquez.

– Alors faites-moi le plaisir de revenir! Et plus vite que ça», bougonna M. Grinberg. Mais dans son bougonnement ne perçait déjà plus la moindre trace de mauvaise humeur.

1. Mathilda ne se contentait pas de faire appel au «Petit Rabbijésusmarieallahbouddhamondieu», elle avait aussi recours à tout un tas d'autres méthodes très pratiques. Avant une interrogation écrite, par exemple, elle évitait de marcher sur les joints des dalles qui pavaient le trottoir du collège et s'appliquait à poser le pied bien au milieu. Dès que retentissait la phrase «Sortez une feuille, aujourd'hui, devoir sur table!», elle disait bien sûr au moins une prière. Et quand elle revenait ensuite du collège, elle retenait son souffle en montant l'escalier. Si elle arrivait au deuxième étage sans avoir respiré, c'était qu'il y avait encore un tout petit espoir quant à la note qu'elle obtiendrait; sauf, bien sûr, s'il s'agissait de verbes irréguliers anglais ou d'écriture fractionnaire, sujets qu'elle n'était pas faite pour comprendre, un point c'est tout. Le matin, quand elle buvait un verre de lait, elle reposait le verre exactement à la même place. Et si sa mère était alors en train de faire la vaisselle, elle essayait en plus de finir son lait avant que celle-ci ne se retourne pour lui parler. Le dimanche, quand elle allait voir ses grands-parents, elle comptait les voitures rouges à l'aller et les bleues au retour. Ou alors elle comptait le nombre de fois où sa mère se plaignait de la compagne d'oncle Hubert, cette effrontée, et le nombre de fois où son père se plaignait des conducteurs du dimanche. Et bien sûr, pour chaque nombre qui se présentait, elle cherchait à savoir s'il pouvait être divisé, multiplié ou additionné pour arriver à son chiffre porte-bonheur. Elle faisait même preuve de zèle au moment de se coucher et s'acquittait consciencieusement des tâches qu'elle avait à accomplir pour la nuit. Avant l'extinction des feux, sa couette devait par exemple être remontée jusque sous son menton et les rideaux tirés de manière à ne pas laisser passer le moindre filet de lumière. Et, bien sûr, elle inspectait chaque soir avec son père l'intérieur de l'armoire et le dessous du lit. Parfois même, elle étendait ses recherches jusqu'aux rideaux, qu'elle soulevait avec précaution – ce qui ne veut pas dire qu'elle croyait encore aux fantômes ou aux monstres. Une chose était sûre : Mathilda se donnait de la peine. Elle n'était pas du genre paresseux, incapable de prendre sa vie en main. Et quand son père lui adressait un regard sceptique par-dessus la monture de ses lunettes parce que ses notes laissaient encore une fois à désirer, elle se contentait de hausser les épaules. On ne pouvait vraiment pas lui en vouloir. Elle l'aurait juré en toute bonne foi : le souffle, les dalles, les prières, les voitures rouges et bleues... Elle avait tout essayé.

2. Ah, les prénoms ! Sincèrement, qui n'a jamais trouvé à redire au sien ? Qui n'a jamais pensé : *Si seulement mes parents y avaient réfléchi à deux fois le jour où ils m'ont affublé d'un Mirabella, Mathilda, ou Paul. S'ils avaient choisi un autre prénom, c'est certain, mon rôle dans ce monde aurait été tout autre.*

Une table est toujours une table, à moins qu'elle

93

ne se trouve à l'étranger et porte le nom de *mesa*. Une chaise est toujours une chaise, et le miel n'est pas salé, mais sucré, alors que Mirabella, par exemple, voyait en son prénom une insupportable hérésie. Et si on lui avait demandé son avis sur la question, elle aurait d'ailleurs plutôt choisi Grazia. Mathilda aussi trouvait que son prénom n'était pas digne d'elle, qu'il manquait cruellement de mystère. Mathilda, Mathilda… Depuis toutes ces années, elle le connaissait par cœur, ce prénom – bien mieux que les verbes irréguliers anglais. Quant à Paul, il aurait beaucoup aimé s'appeler Baméléro. Et Juliette, que tout le monde appelait toujours la grosse Juliette, se sentait profondément blessée rien qu'en songeant au sien. Lucas, lui, se fichait bien de tout cela. Ma foi, Lucas ou autre chose, se disait-il, l'important était surtout de ressembler à Odin, le dieu des Vikings qui possédait un cheval à huit jambes et accomplissait, alors qu'il était borgne, les actes les plus incroyables. Oui, le monde est ainsi fait que chacun pleurniche un jour ou l'autre sur son prénom, et, quand bien même les futurs parents le sauraient, ils perdraient malgré tout des heures à peser le pour et le contre, à procéder à des votes, des éliminations, à se disputer. Seule Holstein était apparemment satisfaite de son nom, car quand on l'appelait, elle agitait la queue.

Était-ce l'heure de la pâtée ? Non ? Eh bien, tant pis.

2bis M. Grinberg s'ennuyait de Mirabella.
Et s'il avait su que la nuit, allongée dans son lit, elle prononçait tout doucement son prénom, il en

aurait rougi de plaisir jusqu'aux oreilles. «Antoine, Antoine», murmurait-elle, et son cœur se mettait alors à battre à tout rompre. Qui d'autre l'appelait Antoine ? Trois ou quatre amis peut-être, et un vague cousin. Mais aucun d'eux ne prononçait son prénom aussi tendrement. Pour aucun d'eux il n'était un précieux trésor.

3. M. Grinberg n'avait plus personne à régaler de ses devinettes. Régaler ? Était-ce vraiment le terme qui lui venait à l'esprit ? Oui. Difficile à croire, mais il pensait vraiment au mot «régaler». Parfois, il songeait même à «amuser» ou «divertir». Était-il donc possible qu'il ait oublié la mine excédée de ses parents chaque fois qu'il se lançait dans cet exercice, le dimanche matin, à la table du petit déjeuner ? Qu'il ait oublié leurs regards exaspérés quand, tapotant joyeusement la coquille de son œuf à la coque avec une petite cuillère en nacre, il commençait : «Prenons deux nombres…» ? Qu'il ait aussi oublié les soupirs de ses sœurs qui le chassaient de leur chambre dès qu'il voulait leur faire profiter de ses problèmes mathématiques ?

Ne remarquait-il donc pas que, depuis dix ans, la pédicure jetait des regards pleins de compassion au coiffeur, forcé d'écouter ses devinettes ? «Dix personnes se saluent en se serrant la main les unes les autres. Combien de poignées de main sont en tout échangées ?» demandait M. Grinberg, tandis que le coiffeur prenait sa veste pour la suspendre au portemanteau.

Et le vendeur de journaux ? La dame du pressing ? Le facteur ? Les voisins du second ? Lui répondaient-

95

ils quand il demandait par exemple : « Si en un jour et demi, une poule et demie pond un œuf et demi… » ? Ils se contentaient de hausser les épaules en souriant. Ou secouaient la tête, levaient les yeux au ciel, soulevaient leur chapeau et prenaient la fuite.

Mirabella était la seule à être ravie quand il arrivait avec ses devinettes, tant elle aimait le son de sa voix. Quant aux nombres, aux poignées de main, aux poules, aux lapins et *tutti quanti*, elle s'en fichait éperdument. S'en apercevait-il ? Non. Il ne s'apercevait de rien, bien sûr, car pour lui les problèmes mathématiques étaient le divertissement le plus accompli qu'on ait jamais inventé. Et il était tout bonnement incapable d'imaginer que ce genre d'activité ne puisse ravir les autres autant qu'il le ravissait, lui. Et quand bien même il s'en serait aperçu – ce qu'il préférait par-dessus tout, c'était d'aller à la cuisine et de poser ses devinettes à Mirabella tout en regardant discrètement dans les casseroles de quoi serait fait le repas de midi.

4. En promotion ? En promotion ? Ce pauvre diable avait-il véritablement osé dire à une femme que ce qu'il avait acheté pour elle était en promotion ? Parfaitement ! Et il en était fier, en plus. N'avait-il pas ainsi démenti ce que lui reprochait constamment sa femme de ménage ? « Vous ne comparez jamais les prix ! » rouspétait-elle. Eh bien si, justement, vous voyez ! Même s'ils se font une joie de dégoter des promotions, les gens n'apprécient pas forcément d'avoir des cadeaux au rabais, mais ça, M. Grinberg l'ignorait. Qui d'ailleurs aurait pu le lui dire ? Nicolas de Cues ? Hegel ? Platon ? Où donc cette loi figurait-elle ? Dans

la *Critique de la raison pure* ? Non, M. Grinberg ne connaissait rien à ce genre de problèmes. Concernant la vie sociale et ses usages, il était même un parfait ignorant, disons un ignorant érudit, plongé à longueur de temps dans des livres qui traitaient de la vie, certes, mais ni de roses ni de promotions. En cela, il ressemblait un peu à l'astronome Thalès qui, au lieu de regarder où il mettait les pieds, regarda le ciel et glissa dans un trou.

« Ah bon. Une promotion », répondit Mirabella d'un ton pincé, avant de tourner les talons et de sortir en trombe de la pièce. M. Grinberg nota-t-il qu'elle était vexée comme un pou ? Pensez-vous ! Il se creusait déjà les méninges sur un bon mot qui lui trottait dans la tête depuis un moment. Plus tard, il la rejoignit à la cuisine pour demander de quoi serait fait le repas de midi. Elle lui énuméra alors toutes sortes de griefs. Et, comme souvent dans ces cas-là, M. Grinberg entama une conversation secrète avec lui-même. Car, quand sa femme de ménage laissait ainsi libre cours à son indignation, il s'abandonnait à ses propres réflexions et, avouons-le, ses pensées étaient aussi banales et ennuyeuses que l'étaient les reproches de Mirabella. *Voilà comment on me remercie*, pensait-il, persuadé qu'une fois encore sa gentillesse légendaire se retournait contre lui.

Chapitre septième

Des bibelots-souvenirs. Les nains de jardin hilares. Un plumeau et une nuque tendre. Une omelette aux pommes de terre et aux lardons. Quatre vierges. Les noms de famille les plus courants au monde. Un petit grognement et des forêts au parfum envoûtant.

Des casse-noix, des coucous, des coquillages vernissés, des nœuds de marin encadrés, des carillons, des briquets, des assiettes, des tasses, des boules de neige-souvenirs, des cruches en grès… Au fil des années, une quantité considérable de souvenirs s'était amassée.

« À ton avis, pourquoi est-ce que les gens rapportent ce genre d'horreurs de leurs vacances ? » avait un jour demandé M. Grinberg à l'un de ses amis et grand savant, et il lui avait montré sur un rayonnage de sa bibliothèque deux petites souris roses qui s'embrassaient sous un cœur lamé or, devant la *Critique de la raison pure*. Son ami avait attentivement considéré les différents bibelots

qui s'entassaient là, avant de répondre :
« L'expérience nous apprend que les êtres
humains espèrent ainsi accéder à un lieu
par le souvenir. »

Mais M. Grinberg, en regardant d'un air contrit
les nains de jardin hilares, ne songeait ni à un lieu,
ni même à une personne, et encore moins à des
vacances idylliques. Cela lui rappelait seulement
une fois de plus qu'il avait lamentablement capi-
tulé. Il aurait tant voulu dire à Mirabella ce qu'il
pensait de toutes ces horreurs ! Et sans y aller
par quatre chemins. « Les nez ont été faits pour
porter des lunettes, voulait-il lui expliquer docte-
ment, les pierres, pour être taillées et pour en faire
des châteaux, les pieds, pour être chaussés, mais à
quoi peuvent bien servir des petits nains de jardin
hilares armés d'arrosoirs et de râteaux ? »

Cependant, il savait très bien qu'il ne dirait
rien, tout au plus un « Merci » déconfit et, comme
cela le faisait enrager, il décida de profiter de l'ab-
sence de sa femme de ménage pour se débarrasser enfin de ses cadeaux inutiles. Il n'allait quand
même pas mettre à la poubelle les souvenirs
qu'elle avait amoureusement   collection-
nés année après
année ! Non, il
avait seulement
l'intention de
faire plaisir à la

marmaille du parc. « Ils étaient tellement ravis ! » expliquerait-il ensuite à sa femme de ménage, jouant à l'âme généreuse. Après tout, même s'il offrait exclusivement ce dont il souhaitait se débarrasser, c'était tout de même une forme d'altruisme. D'ailleurs, le lendemain, quand il déposa un gros carton sous le marronnier et que, tel un prince faisant l'aumône, il se mit à distribuer ses bibelots sans compter, tous sautèrent de joie[1].

À l'instant où il trouvait enfin preneur pour ses nains de jardin hilares, composition céramique et métal, M. Grinberg, assis sous le marronnier, eut soudain une idée. *Et si je demandais aux petits nains de venir ranger chez moi et de me faire un peu de cuisine*, pensa-t-il. Aux petits nains ? Quels petits nains ? Il n'y avait vraiment que M. Grinberg pour assimiler Mathilda et Lucas à ces mineurs qui rentrent chez eux en sifflotant gaiement. Et si Mathilda avait su à qui il la comparait, elle n'aurait pas hésité à lui dire purement et simplement ce qu'elle en pensait.

Ne savait-il donc pas qu'enfants et plumeaux ne font pas bon ménage ? Apparemment pas, puisqu'il demanda à Mathilda et Lucas s'ils avaient déjà aidé à la maison.

S'ils avaient déjà aidé ? Il remuait le couteau

dans la plaie ! Mathilda se plaignit de ne faire que ça depuis le début des vacances. Pas plus tard qu'avant-hier, elle avait dû ranger sa chambre et, comme si ce n'était pas déjà suffisant, on l'avait en plus obligée à descendre la poubelle.

S'ils seraient partants pour faire un soupçon de rangement chez lui ? Mathilda et Lucas se regardèrent. Le vieux bonhomme avait perdu la tête ou quoi ? Les prenait-il pour des névrosés ?

« Contre rémunération, bien sûr, ajouta M. Grinberg devant la mine sceptique des deux enfants.

– Bien sûr que ça nous ferait plaisir », s'écrièrent Mathilda et Lucas avant de s'enquérir sans détour de la rémunération prévue. La somme était correcte.

« Mais pour ce tarif, expliqua M. Grinberg, il faudra aussi faire le ménage et cuisiner un peu.

– Le ménage et la cuisine, c'est un jeu d'enfants pour nous », répondit Mathilda du tac au tac.

Et il y avait dans ces mots une telle emphase, un tel accent de vérité qu'il ne pouvait s'agir que d'un mensonge[2].

« Vous avez quoi ? Renvoyé l'employée de maison ? Mais… Mais enfin… Vous avez perdu la raison ? » aboya Mirabella quand M. Grinberg

lui téléphona le lendemain soir pour lui raconter à qui il avait confié le commandement de la spatule et du plumeau. « Non vraiment, ça, c'est trop fort ! » ajouta-t-elle encore.

M. Grinberg l'imaginait sans peine à l'autre bout du fil, secouant la tête de droite à gauche et de gauche à droite. De droite à gauche et de gauche à droite.

« C'est bien joli, mais qui va vous faire la cuisine maintenant ?

– Eh bien… les enfants !

– Jésus Marie Joseph, vous voulez mettre le feu à la maison ? » s'exclama Mirabella, et M. Grinberg l'imagina à nouveau secouant la tête à l'autre bout du fil.

Il tenta d'arranger la situation : toutes les opérations se dérouleraient bien sûr selon ses instructions.

« De mieux en mieux ! » répliqua Mirabella, mettant dans ces mots toute l'étendue de son mépris.

Et si M. Grinberg avait cette fois pris la décision de ne pas se formaliser, il n'en était pas moins vexé qu'on sous-estime ainsi ses talents culinaires. *Voilà comment on me remercie*, pensait-il, persuadé qu'une fois de plus sa gentillesse légendaire se retournait contre lui. Un vrai martyr !

Soucieux de faire honneur à sa réputation d'homme raisonnable et avisé en toutes circonstances, M. Grinberg, avant de se mettre au travail avec les enfants, commença par établir une liste de ce qui était nécessaire à la réalisation de l'omelette aux pommes de terre et aux lardons. Et comme, en dépit de ses recherches acharnées dans tous les tiroirs, il n'avait pas trouvé de recette, il fit cette liste de mémoire. Les yeux mi-clos, tandis qu'Holstein le regardait, la tête penchée, il imagina Mirabella dans la cuisine en train de préparer son plat préféré. Il entendait presque le bruit des œufs que l'on casse sur le rebord du saladier. « Œufs, rebord », écrivit-il. Et aussitôt il vit les beaux yeux bruns de sa femme de ménage qui lui souriaient tandis que, appuyé contre la gazinière, il discutait avec elle. « Fouet », écrivit-il et, après un instant d'hésitation : « Grand saladier rouge ». M. Grinberg fouillait sa mémoire, traquant chaque geste de Mirabella. Il la vit se retourner, l'écouter et pencher légèrement en avant sa jolie tête ronde, puis se hisser sur la pointe des pieds pour prendre les épices dans le placard. « Sel, poivre », écrivit-il sur sa liste. Il la vit aller jusqu'à la gazinière de son pas souple et agile, se pencher et sortir une poêle du tiroir du bas, vit avec émotion sa nuque, ses bras, son cou, ses mains si fines, et nota : « Poêle, couvercle, grand feu ». Puis il la vit éplucher les pommes de terre et rire à l'une de ses plaisanteries. Et, avec un soupir, il nota : « Planchette à découper et couteau aiguisé ». M. Grinberg fit le tour de la cuisine avec sa liste, ouvrit les tiroirs et les referma, trouva les ustensiles recherchés, inspecta le réfrigérateur, en sortit avec précaution six œufs et les posa sur la table. Tout était prêt. Il appela les enfants.

« Qu'est-ce qu'on est censés préparer ? demanda Mathilda, et elle remonta ses manches, prête à agir.

– Une omelette aux pommes de terre et aux lardons, répondit M. Grinberg. Eh bien quoi ? fit-il en voyant qu'aucun des deux enfants ne faisait mine de commencer.

– C'est qu'il y a encore un petit problème, dit Mathilda. On n'a pas de pommes de terre. » Elle pointait du doigt les ingrédients posés sur la table.

Quelques secondes s'écoulèrent avant que M. Grinberg ne comprenne ce qu'elle voulait dire. « Bon sang, mais c'est bien sûr, s'exclamat-il en portant la main à son front. Pour faire une omelette aux pommes de terre, il faut des pommes de terre ! »

Et il le dit avec un étonnement si désarmant que les enfants éclatèrent de rire et que Mathilda se souvint alors de son projet. *Il faut absolument qu'ils se rencontrent*, pensa-t-elle, et elle décida

que Paul devait venir travailler avec eux chez M. Grinberg, même si cela impliquait qu'ils partagent avec lui leur salaire. Partager ? Mais après tout pourquoi partager ? N'était-ce pas elle qui avait trouvé le travail, négocié le salaire, amené les autres ? N'aurait-il pas été logique qu'elle exige même un tout petit peu plus que ses copains ? Il n'était tout de même pas anormal qu'une fondatrice, présidente du directoire et actionnaire majoritaire du conseil d'administration de l'entreprise, avec toutes les responsabilités qui lui incombent, reçoive *stock-options*-bonus-et-parachutes dorés…

Bon, mais finalement, que mangèrent-ils au repas de midi ? Une omelette aux pommes de terre et aux lardons, sans pommes de terre[3]. Certes, c'était un peu frugal, mais tout le monde se régala. Tout le monde ? M. Grinberg devait bien avouer que certains ingrédients lui manquaient : un regard, un sourire, une nuque…

Tout à coup, alors que Mathilda et Lucas mastiquaient tranquillement, M. Grinberg eut comme une révélation. En fin de compte, il n'avait jamais pris la peine de les regarder vraiment. Ni de retenir leurs prénoms. *Quelle négligence, quand même*, songea-t-il, et il les observa, amusé. *Fichtre*, se dit-il, *ils ne sont vraiment pas du tout tels que je me les imaginais*. Mais à quoi s'était-il donc attendu ? Eh bien, à rien, justement.

« Est-ce que vous savez quels sont les noms de famille les plus courants au monde ? interrogea Mathilda, repue, et elle repoussa son assiette vide.

– Dupont ? Martin ? Brown ? Aucune idée.

– Dupont ? Martin ? Brown ? Avec un milliard trois cent vingt millions deux cent trente-quatre mille Chinois ? » répliqua Mathilda en riant.

M. Grinberg apprit ce jour-là des tas de choses. Par exemple, que les noms de famille les plus courants au monde ne sont pas Dupont, Martin ou Brown, mais Chen, Wang et Li. Que les enfants adorent les fraises, surtout avec du sucre et de la chantilly. Qu'Odin, le roi des Vikings, avait un cheval à huit jambes et accomplissait, alors qu'il était borgne, les actes les plus incroyables. Que les cailloux ont eux aussi droit à une belle vue. Que l'oncle Hubert vivait chez lui à l'étranger. Que les mères remarquent toujours que quelque chose cloche justement quand on est pressé de sortir. Et qu'il y a des gens qui ne sont pas faits pour comprendre l'écriture fractionnaire.

Pendant que M. Grinberg discutait avec les enfants, Holstein, après avoir mendié sans succès, s'était rendormie. De temps à autre, elle ouvrait un œil somnolent qu'elle refermait aussitôt. Plusieurs fois, on l'entendit grogner doucement, mais ce n'était ni contre M. Grinberg ni contre les enfants, trop occupés à débattre de tout et de rien. C'était un grognement qui s'échappait d'un rêve et s'insinuait dans la cuisine, un grognement qui vagabondait tranquillement dans les airs avant de rejoindre les autres bruits, les rires, la voix grave de M. Grinberg, des pas lointains dans un appartement voisin. Dans quelles contrées retirées Holstein se trouvait-elle donc à cet instant ? Et de quelles forêts humait-elle avec nostalgie le parfum envoûtant ?

1. Oui, quand M. Grinberg, tel un prince faisant l'aumône, se mit à distribuer ses bibelots sans compter, tous sautèrent de joie. La mère de Mathilda fut quand même un peu étonnée le lendemain de découvrir, parmi les jolis objets que sa fille avait réalisés à l'école, non pas une, non pas deux, non pas trois, mais quatre saintes vierges. Une vierge en résine tenait compagnie au père Noël en feutre qui pouvait servir à la fois de dessous-de-plat et de décoration de réveillon. Une autre, en plâtre, côtoyait la boîte de camembert recouverte de feuilles colorées, la troisième, en verre, avait pris place à côté d'une série d'intéressantes petites figurines abstraites en pâte à sel, et la quatrième, auprès de l'ours en coquilles de noix.

Le soir venu, le père de Mathilda regarda sa fille par-dessus la monture de ses lunettes d'un air inquiet et lui demanda si elle était devenue catholique.

Ah, ces adultes, je vous jure! pensa Mathilda. Fallait-il donc toujours tout leur expliquer dans les moindres détails ? Et elle apprit à son père ce que tout le monde sait : si une hirondelle ne fait pas le printemps, quatre vierges ne font pas non plus la foi.

2. Le soir, dans son lit, Mathilda nota les ustensiles dont elle aurait besoin pour exercer sa nouvelle profession : un balai, une balayette, une pelle, une éponge et des serpillières. Là-dessus, elle piocha dans le livre d'éducation ménagère de sa grand-mère quelques précieux conseils qu'elle envisageait de diffuser

109

dès le lendemain dans la cour du collège. Les chaussettes doivent être suspendues par la pointe, le jus de citron vient à bout des taches d'herbe… Mathilda lut encore quelques lignes sur les chiffons, les sols et le linge, mais elle finit vite par s'ennuyer. Il est bien utile de savoir comment venir à bout des taches de café, garder ses poêles propres, cirer ses chaussures et nettoyer les cuivres, mais pouvait-on vraiment se passionner pour ce genre d'informations ? Mathilda en était incapable. Qui aurait pu lui en vouloir ? Elle prit un autre livre, un livre qui parlait du bonheur. Et, si M. Grinberg l'avait vue à cet instant tourner une page après l'autre tandis que le temps suivait tranquillement son cours, il aurait approuvé de la tête. « Bravo, mon petit ! » se serait-il exclamé, et il lui aurait affirmé qu'il n'y a pas meilleur moyen pour réussir son ménage que de se cultiver et de dévorer de bons livres. Mais sans doute que, au lieu de la féliciter parce qu'elle lisait, M. Grinberg aurait préféré lui raconter son histoire favorite. Évidemment – pourquoi perdre son temps à faire des politesses quand on peut s'amuser à raconter des histoires ?

3. Pourquoi donc les quelques œufs qu'ils mangèrent dans la cuisine avec des tartines de pain beurré avaient-ils été baptisés « Omelette aux pommes de terre et aux lardons » ? Eh bien, parce que Mathilda avait déclaré qu'il importait d'être ordonné et qu'on ne pouvait pas changer comme ça le nom des choses pour des clopinettes. Quand on avait pris une décision, il convenait d'aller jusqu'au bout et de ne pas se laisser abattre par les difficultés. Quand le vin est tiré, il faut le boire, expliqua Mathilda, et, si l'oncle Hubert donnait à son crâne chauve le nom de «front dégagé» et que son père pouvait affirmer être un athlète simplement parce qu'il avait, dans sa jeunesse, joué au handball pendant deux misérables années, alors on pouvait aussi bien appeler «Omelette aux pommes de terre et aux lardons» une omelette sans pommes de terre... Et, comme le petit Lucas et M. Grinberg en avaient assez des explications de Mathilda et qu'aucun d'eux n'avait vraiment envie qu'elle fasse plus longtemps étalage de sa connaissance des proverbes français, ils se déclarèrent tous deux d'accord pour ne changer qu'exceptionnellement le nom d'un plat.

Chapitre huitième

Tandis que Mathilda et Lucas faisaient le
ménage chez M. Grinberg et introduisaient le
« principe des mains jamais vides [1] », Simon était
assis sur le banc près du marronnier et attendait
qu'il soit l'heure de rejoindre son père. Depuis le
divorce, il passait chez lui un week-end sur deux
et une partie des vacances. D'habitude, il aimait
bien s'asseoir à cet endroit et ne s'ennuyait que
rarement, mais là, à attendre, tout lui parais-
sait morne, un peu comme si le monde avait été
enveloppé dans de fines bandelettes de coton.
C'était presque comme ce conte où le cuisinier
dort, sa cuillère en bois suspendue au-dessus de
la marmite, où la servante, son tablier empli de
grain déployé devant elle, s'est assoupie au moment d'aller nourrir les
poules, où les volailles ont cessé de

picorer, où le jardinier ne réprimande plus le petit garnement du village, et où même les tournebroches se sont arrêtés. Ah, tout ce temps perdu à attendre ! Même le marronnier laissait pendre ses feuilles d'un air désolé. Simon sortit un journal de son sac à dos et consulta les résultats de la neuvième journée du championnat de football.

Était-il si captivé par son journal ou est-ce parce qu'il s'ennuyait trop qu'il fit abstraction de ce qui se passait autour de lui ? En tout cas, il ne s'aperçut de rien. Et quand il leva enfin les yeux de son journal, il était déjà presque trop tard. De l'autre côté de la rue, deux sixièmes avaient entrepris de vider sur le trottoir le cartable de la grosse Juliette qui regardait droit devant elle, le visage fermé, l'œil vide, pas un frémissement, dans la direction de Simon, mais sans le voir. Ses mains tremblaient un peu. On aurait presque pu penser… Mais non, la grosse Juliette ne pleurait jamais !

« Alors ça ! » lança l'une des deux filles, en sortant du cartable le poudrier en argent orné de volubilis que sa grand-mère lui avait offert avec ses initiales gravées au dos. La fille ouvrit le poudrier, saisit la houppette et poudra le nez de son amie. Juliette ressentit alors cette douleur diffuse qu'elle connaissait si bien. Ce poudrier était son trésor le plus cher, et d'une seconde à l'autre cette sale petite peste allait le faire disparaître dans sa poche sans plus de cérémonie, tandis que Juliette se contenterait de regarder, le visage un peu trop pâle, l'air insensible et comme absent, sans mot dire. Elle avait dans la bouche un goût écœurant et familier, le goût des mots ravalés. Cela faisait des jours, des semaines, des mois qu'il en était ainsi. Elle aurait pu gémir tout haut en songeant à sa détresse et à la cruauté de ces filles. Mais pourquoi la faisaient-elles souffrir ? Pourquoi prenaient-elles plaisir à la tyranniser ? Pourquoi fallait-il que les gens en humilient d'autres ? Et pourquoi les laissait-elle faire ? Sans cesse, elle se posait cette dernière question et, la nuit, il lui arrivait de rester éveillée pendant des heures à chercher en vain la réponse. Elle était comme paralysée, et de savoir qu'elle les laisserait faire, que jamais elle ne s'opposerait à ce que de petites idiotes cruelles la torturent, ajoutait encore à sa peine.

« Je suppose que tu n'as rien contre le fait que je t'emprunte ton poudrier ? demanda la fille.

– À ta place, je remettrais ça où je l'ai pris », lança Simon qui s'était approché d'elle.

La fille eut un bref moment de surprise et sembla déconcertée, avant de répliquer hardiment : « Parce que tu comptes m'y obliger ? »

Avec le plus grand calme, Simon lui prit des mains le poudrier. Il s'était approché d'elle si près

114

que leurs nez se touchaient presque. Visiblement, cette fille habituée à être portée aux nues se sentait tout à coup plutôt mal à l'aise. Son amie pouffa, mais le regard courroucé de la fille la fit aussitôt cesser. Simon se baissa, ramassa les livres et les cahiers épars, les épousseta du revers de la main et les rangea dans le cartable. Après quoi il se tourna vers Juliette. « Il manque quelque chose ? » La surprise étouffait la voix déjà ténue de Juliette. « Non », dit-elle, si bas qu'on l'entendit à peine. « Dans ce cas, on peut y aller. »

Il s'éloigna le premier. Juliette le suivit, encore un peu étourdie. De temps en temps, elle réprimait un soupir discret. Quand ils arrivèrent au croisement, le feu passait au rouge pour les piétons. Ils attendirent en silence, le regard fixé droit devant eux. Une voiture passa en trombe. Le soleil cherchait à triompher d'un nuage. Une brise légère sifflait entre les branches des arbres. Le feu passa au vert. Ils reprirent leur chemin. Une larme roula sur la joue de Juliette. Puis une autre. Et encore une autre, qu'elle essuya rapidement du revers de la main. Mais quand Simon lui tendit un mouchoir, c'en fut fait de sa contenance.

Parce qu'on peut courir des heures sans rien sentir, ni la fatigue ni l'effort que fournissent les muscles, mais à peine s'est-on arrêté, à peine a-t-on retiré ses chaussures, qu'on ressent soudain la pesanteur, l'épuisement. On a l'impression que plus jamais on ne pourra quitter ce bon gros fauteuil, la seule idée de devoir remettre ses chaussures est insupportable. Juliette ressentait la même chose. Elle avait tout enduré en serrant les dents, mais à peine quelqu'un lui donnait-il l'occasion de se reposer de ses tracas, la regardait avec compassion, lui tendait un mouchoir, qu'elle ne pouvait plus que… Juliette pleura toutes les larmes de son corps. De gros sanglots la secouaient. Enfin, elle pleurait. Enfin, elle sanglotait à chaudes larmes. Enfin, elle se libérait de cet immense chagrin[2].

Une fois calmée, Juliette fit dans le détail le long récit de ses tourments. Les brimades, depuis des semaines, les plaisanteries sur son physique, les angoisses qu'elle devait affronter quand elle prenait le bus. Elle redoutait tellement ces trajets qu'elle préférait parfois faire une heure de marche pour rentrer chez elle.

Simon secoua la tête d'un air incrédule. Il n'en croyait pas ses oreilles. Il ne s'était douté de rien, n'avait pas eu le moindre soupçon, n'avait jamais rien remarqué.

« Mais pourquoi tu te laisses faire ? » demandat-il quand elle fut arrivée à la fin de son récit.

Juliette haussa les épaules. C'était facile pour

lui : tout le monde l'adorait, il était beau gosse, parmi les meilleurs en sport et avait toujours de bonnes notes. Bref, il n'avait aucun défaut.

« Parce que je suis comme je suis, répondit simplement Juliette, et elle se leva pour partir.

– Ce qui veut dire ? » lui lança Simon en se levant à son tour pour la suivre.

Du bout de sa chaussure, Juliette poussa un petit gravier dans le caniveau. « Comment dire…, fit-elle doucement, et elle tint devant elle ses deux mains pour compter avant de poursuivre sans sourciller : Tu sais bien : moche, grosse, lâche, nulle en sport[3]… » Quatre doigts pointaient déjà vers le ciel comme de pâles petites brindilles. Mais elle ne put faire usage des autres doigts, car Simon lui coupa la parole : « Non, mais tu crois vraiment… Tu crois vraiment que tu es la seule à avoir des problèmes ? »

Juliette fit la grimace. Quel genre de problème quelqu'un comme toi peut-il bien avoir ? semblait-elle vouloir lui dire.

C'en était trop pour Simon et, avant même qu'elle ouvre la bouche, il reprit : « Ça fait un an que mes parents ont divorcé, et avant ça ils n'ont fait que se disputer pendant des mois. Depuis, chaque fois que mon père vient me chercher chez ma mère, j'ai le cœur qui bat à cent à l'heure. Ils ne peuvent pas s'en empêcher, ils se volent dans

117

les plumes chaque fois qu'ils se voient. Et moi, je suis là et j'ai toujours l'impression de devoir choisir entre eux. En fait, je les aime tous les deux, seulement je ne peux pas supporter qu'ils se crient tout le temps dessus. » Simon enfonça ses deux poings dans les poches de son pantalon et regarda d'un air sombre un teckel qui s'approchait à petits pas. Le teckel ne se laissa pas impressionner, renifla le coin du mur et leva la patte avant de repartir en se dandinant. « Tu vois, reprit Simon en se penchant légèrement vers Juliette, il y a une question que je n'arrive pas à me sortir de la tête : comment deux personnes que j'aime peuvent-elles être aussi méchantes l'une envers l'autre ? Je ne comprends pas. Ça me dépasse. Comment font-ils pour ne pas voir qu'ils me font souffrir quand ils se jettent des horreurs à la tête ? Chaque fois, je cours m'enfermer dans ma chambre. Pour ne pas les entendre. Je m'assois sur mon lit et j'attends. Parfois, je voudrais m'en aller, ne plus les voir. D'autres fois, je me casse la tête pour essayer de trouver une solution pour les réconcilier. D'autres fois encore, je suis tellement en colère que je me mets à donner des coups dans le bureau. Ou alors j'attends que le calme soit revenu, je n'ose plus sortir de ma chambre, je me lève, je me rassois, je vais à la porte, je tends l'oreille, j'attends. Tu vois, quand je suis chez mon père, je pense à ma mère qui est toute seule. Et quand je suis chez ma mère, je pense à mon père. J'ai toujours l'impression que c'est ma faute, alors que je n'ai rien fait de mal. Après tout, ce n'est pas moi qui ai décidé qu'ils ne pouvaient plus se supporter. Un vrai miracle que je ne sois pas fêlé avec tout ça ! Mais qu'est-ce que je raconte ? s'exclama-t-il soudain avec un large sourire. Bien sûr que je suis fêlé, et pas qu'un peu ! » Il se tapota le crâne avec l'index, à l'endroit où était censée se trouver la fêlure, juste au-dessus de l'oreille droite. Puis il reprit, à nouveau sérieux : « Tout le monde a des bleus à l'âme, même cette gourde qui t'a embêtée.

– Oh, elle, sûrement pas, répliqua Juliette.

– Mais si, tout le monde. Tu comprendras quand tu auras lu le Livre des questions.

– Le Livre des questions ? » fit Juliette.

Quelqu'un klaxonna. Simon dit au revoir à Juliette et monta dans la voiture de son père.

« Demain », lui cria-t-il par la fenêtre, et il ajouta encore autre chose, mais sa voix se perdit dans le brouhaha de la rue.

Le lendemain, Simon n'avait pas oublié sa promesse, il avait apporté le livre. Juliette se plongea dans sa lecture sitôt le dîner terminé et ne posa le livre que lorsqu'elle sentit ses paupières se fermer. Elle était fatiguée, mais ne parvenait pas à s'endormir. Des pensées par milliers, des images en pagaille, tourbillonnaient dans sa tête. La sale petite peste qui, depuis des semaines, l'empêchait chaque soir de s'endormir avait disparu, même du coin le plus reculé de son esprit. Comment était-il possible que quelqu'un qui avait eu tant d'importance ne joue plus aucun rôle tout à coup ? Comment était-il possible que quelqu'un d'autre, Simon, ait subitement pris sa place ? Hier encore, il n'était rien pour elle. Et aujourd'hui elle pensait à ses parents, ces deux coqs de combat pas fichus de s'entendre. Comment était-ce donc de regretter son ancienne vie ? Pour sa part, Juliette n'aurait sûrement rien ni personne à pleurer. Le plus bizarre, c'était ce qu'il lui avait raconté, qu'il se souvenait même de l'odeur de son ancien appartement. Est-ce qu'elle aussi… Et soudain, elle prit conscience de l'odeur bien particulière qui régnait chez elle : un mélange de cire, de poussière, de soupe de légumes, de litière… À moins que ce ne soit le parfum de sa sœur ? Peu importe, c'était agréable de la sentir, cette odeur familière. Enfin, agréable… Ce n'était peut-être pas le mot juste pour désigner les vapeurs familiales, mais on pouvait au moins dire que c'était rassurant et même – elle en était la première étonnée – assez plaisant. Elle bâilla. Oui, dès le lendemain elle prendrait les choses en main. Premier point : elle se demanderait ce qu'elle aimait vraiment. Peut-être était-ce quelque chose qu'on pouvait faire ? Ou une odeur, un bruit ? Ou encore une chanson, un plat, un jeu ? Peut-être était-ce un sentiment, il y avait tant de possibilités. Deuxième point : était-elle capable de trouver chaque jour quelque chose qu'elle aimait ? Troisième point…

Ah, sacrée Juliette, avant même de se poser les trois questions, elle s'était tout bonnement endormie. Mais qui lui en tiendra rigueur ? On ne pouvait pas nier que ces deux derniers jours avaient été bien remplis. Tous ces événements, c'était tout de même un peu fatigant – et formidable, aussi. À présent, elle dormait du sommeil du juste, la couette remontée jusqu'au menton. Il aurait fallu qu'elle reste éveillée encore quelques minutes pour se rendre compte qu'elle avait déjà pris les choses en main. « Non mais, quelle idiote ! aurait-elle dit. J'ai déjà des réponses ! » Et comme, pour compter, il est bien connu qu'on a besoin de ses doigts, une petite main se serait alors faufilée hors de la couette. « Premier point, aurait murmuré une voix endormie dans la nuit ardoise. Deuxième point, troisième point. »

Et trois doigts se seraient dressés vers le ciel, comme de petites brindilles pâles tendues vers une lune laiteuse.

Mais attendez voir ! Un moment, je vous prie. Qu'est-ce que c'est que cette histoire : premier point, deuxième point, troisième point ? D'où vient tout à coup cette avalanche de pois et de mouchetures ? Ou, pour mettre les points sur les i, qui a donné point par point à Juliette des conseils pour être heureuse ? En cas de toux, le remède est le même pour tout le monde : une cuillère à soupe de sirop. Mais un être humain, excusez du peu, est quand même un peu plus complexe qu'une grippe. La solitude n'est pas un rhume, l'angoisse n'est pas une angine ni la tristesse, une indigestion. Qui donc ose prétendre avoir concocté dans sa marmite de sorcier un remède efficace contre tous les pétrins et difficultés ?

Personne. Nul n'avait sous la main de règles ou de principes qui – Abracadabra ! – guérissent tous les maux en un coup de baguette magique. Et il faut d'ailleurs se méfier comme de la peste de ceux qui prétendent sans détour détenir la recette du bonheur. Simon, en tout cas, n'avait pas de théorie sur ce qu'il y avait à faire pour être heureux. Il n'avait fait que ce que tous les autres enfants avaient fait avant lui. Il avait écrit son histoire. Et, après avoir raconté comment il se sentait depuis le divorce de ses parents, il s'était posé des questions.

«Mais qu'est-ce que je dois écrire?» avait demandé Juliette dès le lendemain, quand Simon lui avait fait promettre de ne rien dire et de remettre au bout de trente jours le livre à un autre enfant qui en avait besoin.

«Eh bien, ton histoire, avait expliqué Simon. Tout simplement. Et ensuite tu réfléchiras à ta question.

– Mais quelle question? avait demandé Juliette.

– Ta question, avait répondu Simon. Tu dois parvenir à trouver *ta* question. Chacun de nous a sûrement une question qui l'attend.»

1. Le « principe des mains jamais vides », principe on ne peut plus simple selon lequel il faut toujours avoir les mains pleines, était une invention de la mère de Mathilda. Chaque fois que Mathilda se rendait d'un coin de sa chambre à un autre, elle devait emporter avec elle quelque chose qui n'était pas à sa place. Ainsi, quand elle se levait le matin et passait devant l'étagère, prenait-elle simplement avec elle la bande dessinée qui traînait par terre à côté du lit. Et, quand elle allait de l'étagère à l'armoire, prenait-elle sous le bras les chaussettes et tricots de peau qui, pour une raison obscure, traînaient sur l'étagère au lieu d'être rangés dans le tiroir qui leur était attribué. Il arrivait cependant que les choses se compliquent : récemment, par exemple, elle était partie pour rapporter à la cuisine la tartine à moitié grignotée qui moisissait dans son cartable, mais elle avait d'abord dû s'arrêter à la salle de bains pour raison urgente. Dans ce genre de situations délicates, il fallait avoir recours

124

à un plan d'attaque que Mathilda se faisait un plaisir d'élaborer dans les moindres détails.

« Mathilda, viens ici tout de suite », avait néanmoins hurlé sa mère avant de demander ce que la tartine moisie de Mademoiselle faisait sur le rebord de la baignoire alors que les invités allaient arriver d'une minute à l'autre.

Voulait-elle vraiment connaître la version de Mathilda ? Non, elle avait simplement posé tout un tas d'autres questions auxquelles elle n'attendait pas de réponse : Était-ce donc trop lui demander que de ranger un peu ? Fallait-il tout lui dire vingt fois ? Ne pouvait-elle pas prendre enfin exemple sur sa cousine ?

Qu'elle prenne exemple sur sa cousine ? L'espèce de pot de peinture qui passe sa vie à pleurer parce qu'elle n'est pas sûre d'aimer son Eddy ? Tout, mais pas ça ! Poser des questions auxquelles on n'attend pas de réponse, passe encore, cela fait peut-être partie du rôle de mère, mais exiger de Mathilda qu'elle fasse comme sa cousine, cela allait vraiment trop loin !

1bis Comme chez les Grinberg, on n'avait jamais reculé devant les idées novatrices, tout le monde adopta bientôt le « principe des mains jamais vides ». M. Grinberg se mit à transporter ses notes partout où il allait, le petit Lucas amena quant à lui la grosse Juliette, qui elle-même amena Simon, ce qui fit passer à quatre le nombre d'employés de maison de M. Grinberg. Quant à Holstein, elle s'était remise à dévorer des pantoufles avec empressement, les emportait avec elle chaque fois qu'elle changeait de pièce, d'abord la savate gauche, puis la droite. Et Mathilda, qu'emportait-elle, à votre avis ? D'un bout à l'autre de l'appartement, elle transportait bien sûr sa bonne humeur et son opinion bien personnelle sur tout. Sur tout ? Oui, et sans faille aucune, qui plus est.

2. Peut-on faire la cuisine en étant malheureux ? Telle était la question que se posèrent Mathilda, Simon, Lucas et Juliette dès le deuxième jour, car même si l'omelette accompagnée de tartines de beurre, c'était très bon, on ne pouvait quand même pas se nourrir que de cela. Or, dans leur entourage, le seul à savoir vraiment cuisiner, le seul qui pouvait même se vanter d'avoir réalisé son propre livre de cuisine avec sa grand-mère, c'était Paul. Alors, peut-on faire la cuisine en étant malheureux ? Eh bien, pourquoi pas ? trancha Mathilda qui, une fois de plus, se souvint de son projet de réunir Paul et M. Grinberg. Dès le lendemain, elle demanda donc à Paul s'il voulait bien l'accompagner. C'est ainsi qu'il devint chef cuisinier. Et comme il était beaucoup plus amusant de cuisiner avec Paul que de faire les poussières, de secouer les lits ou de nettoyer les assiettes, et que tous voulaient être ses aides – ce qui provoqua bientôt des querelles sans fin –, M. Grinberg décida que Simon, puisqu'il savait éplucher les légumes, serait nommé Chef de pluches. Juliette, qui découpait les recettes qu'elle trouvait dans les journaux, serait nommée Directeur scientifique de premier rang ; Lucas qui, le mercredi, faisait les courses au supermarché pour sa mère, serait nommé Directeur des achats, et Mathilda, qui n'avait

aucun talent à faire valoir, ce qui était injuste, serait Faire-valoir en chef. Et M. Grinberg, dans tout ça ? Il devint ce qu'il avait toujours rêvé d'être : Grand Amiral de toute la flotte militaire.

3. « Parce que je suis comme je suis : moche, grosse, lâche, nulle en sport. » Si M. Grinberg avait entendu ces mots, il aurait fait une drôle de tête. « Comment ça "Parce que je suis moche, grosse et lâche" ? Non, vraiment ! se serait-il écrié. Tu es loin d'être grosse, et certainement pas moche. Quant à savoir si tu es lâche ou courageuse, il faudrait en discuter un peu plus longuement. » Il aurait alors poussé Holstein pour faire de la place et, d'un geste, invité Juliette à s'asseoir sur son canapé. Là-dessus, il serait allé jusqu'à sa bibliothèque, aurait pris un livre, parcouru quelques lignes et raconté ensuite son histoire favorite.

Il y a bien longtemps, deux pères fortunés décidèrent de prendre en main l'éducation de leurs fils, car ceux-ci jouaient toutes sortes de mauvais tours et n'avaient d'autre passe-temps que de faire des âneries. Comme ils savaient que les punitions ne servent à rien mais qu'ils n'avaient eux-mêmes pas reçu d'éducation, ils prirent conseil auprès de deux savants afin de trouver la meilleure façon d'instruire leur progéniture.

« Il n'est d'art plus utile au monde que l'art de l'escrime, affirma le premier conseiller. C'est une activité qui fortifie le corps et fait de tous les garçons des hommes courageux.

– Perte de temps ! répliqua le second conseiller, et il soutint qu'un maître d'armes pouvait aussi être

un piteux combattant en temps de guerre. En outre, ajouta-t-il, l'escrime n'est pas un art très estimé de nos contemporains. Les garçons devraient plutôt apprendre quelque chose qui leur permette de gagner de l'argent et de devenir célèbres. »

Et, comme chacun campait sur ses positions, ils firent appel à un troisième conseiller pour les départager.

« De quoi parle-t-on, au juste ? demanda le troisième quand les deux conseillers eurent exposé leurs arguments dans le détail.

– Comment ça "De quoi parle-t-on" ? demanda l'assemblée, étonnée. C'est pourtant évident : de l'art de l'escrime.

– En êtes-vous sûrs ? demanda l'homme qui se nommait Socrate, et il attira leur attention sur un cheval. Quand je me demande si je dois mettre un mors à ce cheval et à quel moment il est judicieux de le faire, est-ce que je réfléchis plutôt aux rênes ou à mon cheval ?

– À ton cheval, évidemment, répondirent les autres en chœur.

– En d'autres termes, quand nous parlons de l'art de l'escrime et nous demandons s'il est bon d'en apprendre la maîtrise…

– Nous parlons en réalité de nos fils, l'interrompit l'un des deux pères. Mais dis-nous plutôt si l'escrime peut être utile dans l'acquisition de cette qualité qu'est le courage.

– Vous souhaitez savoir si l'escrime rend courageux ? Pour répondre à cette question, nous devons, je pense, nous mettre d'accord sur une chose.

– Sur quoi ? demanda l'autre père.

128

– *Eh bien*, répondit Socrate, *sur ce qu'est le courage*.

– *Rien de plus simple. Quand quelqu'un repousse l'ennemi avec détermination, alors il fait preuve de courage.*

– *Et quelqu'un qui ne tient pas tête à des ennemis, mais à la maladie ou à la pauvreté…*

– *C'est juste ; tous ceux qui n'abandonnent pas dans les situations désespérées font preuve de courage.*

– *Mais pas du tout*, protesta le deuxième conseiller. *Agir ainsi, ce n'est pas faire preuve de courage, mais de déraison.*

– *Peut-être*, proposa l'un des pères, *que le courage ne va pas sans l'intelligence de distinguer ce qui est dangereux de ce qui ne l'est pas.*

– *Ça, les médecins le savent quand ils prescrivent des médicaments, et cela ne fait pas d'eux des hommes courageux pour autant.* »

La conversation se poursuivit jusque tard dans la nuit, et, quand finalement ils prirent congé les uns des autres, aucun d'eux ne savait si les garçons devaient ou non faire de l'escrime. Pour ce qui est du courage, en revanche, tous étaient d'accord pour reconnaître que la question était plus complexe qu'ils ne l'avaient tout d'abord pensé.

Socrate aurait-il convaincu Juliette ? Sûrement pas ! « Une nulle en sport reste nulle en sport, avec ou sans courage », aurait-elle simplement répondu en haussant les épaules.

Qu'aurait alors fait M. Grinberg ? Il se serait frotté les mains gaiement. « Allons bon, se serait-il exclamé

129

avec entrain. Une histoire ne te suffit apparemment pas. Qu'à cela ne tienne », aurait-il dit, et il serait allé jusqu'à sa bibliothèque, aurait pris un autre livre, en aurait parcouru quelques lignes et lui aurait ensuite raconté son histoire favorite...

Chapitre neuvième

Un conte sur les roses et les pissenlits.
Combien de mots faut-il à un bon orateur ?
Tout ce qu'on fait quand on est amoureux.
Seul dans la forêt. Des histoires à qui mieux
mieux. L'ami d'un ami. Oublier et pardonner.
Les adultes n'ont-ils donc pas de temps pour
l'amitié ?

Les menus travaux ménagers se révélèrent
dignes des travaux d'Hercule. À la seule vue de
la table du petit déjeuner à débarrasser, Mathilda
se sentit déjà toute patraque. Après avoir bu
son café et mangé ses tartines, M. Grinberg
s'était levé, puis s'était rendu dans son bureau.
Comment ça ? Sans même débarrasser son bol ?
Mathilda n'en croyait pas ses yeux. Où avait
grandi cet énergumène ? Dans la jungle ? Encore
que, même dans la jungle, il y avait sûrement des
mères qui passaient leur sainte journée à enfon-
cer dans le crâne de leur progéniture que l'ordre
est la clé de la réussite, et que ça n'a jamais tué
personne de descendre la poubelle ou de ranger
sa chambre. La moindre des choses était quand
même de mettre son couvert dans l'évier. Et, si

Mathilda avait pu, elle n'aurait pas hésité à dire purement et simplement à M. Grinberg ce qu'elle en pensait. Pendant un moment, elle resta immobile, comme étourdie. Toutefois, comme chacun sait, il ne suffit pas d'une paire de bottes pour faire un bon cavalier, ni de profonds soupirs pour faire une cuisine rangée. Aussi Mathilda se mit-elle au travail. Et quand arriva ensuite le petit Lucas suivi, cinq minutes plus tard, de Simon, puis de Juliette et enfin de Paul, ils retroussèrent tous ensemble leurs manches, jetèrent les restes, nettoyèrent les assiettes, épongèrent les miettes éparpillées sur la table et rangèrent chaque chose, non pas n'importe où, mais exactement à sa place.

Pendant ce temps, M. Grinberg faisait les cent pas dans son bureau, s'arrêtait, secouait énergiquement la tête, reprenait son manège, faisait une pause, soupirait… Enfin, il s'assit. Cela ne servait à rien de ruminer plus longtemps, il avait un article à écrire. D'ailleurs, tout était déjà en place : son stylo-plume bleu, des feuilles de papier au format in-quarto, un buvard, des blocs-notes, des crayons bien taillés, une gomme. Même son front s'était paré pour l'occasion de rides soucieuses. M. Grinberg se concentra, leva la pointe de son stylo, se pencha légèrement en avant et ferma les yeux pour se concentrer sur son sujet. Et

alors ? Alors on sonna. M. Grinberg
repoussa son fauteuil, se leva et alla
ouvrir la porte de l'appartement.
Il venait juste de se rasseoir quand
on sonna de nouveau. M. Grinberg
se prit la tête entre les mains tandis
que Mathilda allait ouvrir. Il tendit
l'oreille, perçut des pas et des chu-
chotements. «Silence !» hurla-t-il
en rejetant son stylo sur la table.
Cette bande de marmots ne savait-

elle donc pas que le travail intellectuel et la quête
scientifique nécessitent un silence absolu ? Il jeta
un regard furieux autour de lui et dressa l'oreille.
Enfin, ils étaient tous retournés à la cuisine.
Seuls les discrets cliquetis de la vaisselle parvenaient jusqu'à son bureau. M. Grinberg soupira
et regarda par la fenêtre. Dans le jardin, les branches du peuplier se balançaient au gré du vent.
Un nuage progressait lentement derrière la croi-
sée de la fenêtre. Le soleil brillait par intermit-
tence. Il se radossa tranquillement à son fauteuil,
plissa les yeux, leva la pointe de son stylo et…

Bien des pensées l'occupaient, mais aucune ne
concernait son article. M. Grinberg poussa un
soupir de satisfaction, puis il reprit ses esprits et,
la tête entre les mains, murmura : «Ah, pauvre
pissenlit. Pauvre pissenlit frêle que je suis.»

Disons-le, M. Grinberg n'était pas vraiment

frêle et, si l'on avait ressenti le besoin impérieux de le comparer à un représentant du monde végétal, on aurait plutôt songé à une plante potagère. Une betterave aurait pu faire l'affaire, une courge ou même un gros navet, mais certainement pas un frêle pissenlit.

M. Grinberg ne faisait cependant pas allusion à son physique d'homme bien nourri, mais à son histoire favorite, un conte qu'on lui avait souvent raconté quand il était enfant.

Un frêle pissenlit poussait modestement dans un fossé proche d'un jardin, lequel abritait les plus belles plantes d'ornement. Jour après jour, le frêle pissenlit les observait de l'autre côté du grillage et souhaitait de tout son cœur être aussi éclatant de couleurs que ces fleurs-là.

« Comme elles sont belles ! dit le pissenlit aux brins d'herbe. C'est certain, un oiseau magnifique viendra un jour leur tenir compagnie. »

Mais à peine avait-il prononcé ces mots qu'une alouette s'approcha à tire-d'aile. Et ce ne fut pas auprès des roses orgueilleuses, hérissées d'épines, qu'elle vint se poser, mais dans l'herbe tendre, *près du frêle pissenlit. Le pauvre pissenlit en conçut une joie et une angoisse telles qu'il ne sut plus quoi penser.*

M. Grinberg vivait en cet instant exactement la même chose. Et, ayant enfin compris ce qui lui arrivait, il marmonnait inlassablement : « Ah, pauvre pissenlit frêle que je suis. Mais quel âne. Ah, quel pissenlit écervelé. Ah, pauvre vieil âne que je suis. »

Ce n'était pas particulièrement intelligent, mais l'angoisse et la joie l'empêchaient d'avoir des pensées plus subtiles.

Ce qui l'angoissait ? Il avait cinquante-huit ans, de l'arthrite, il était bien en chair, pour ne pas dire corpulent. Quant à ses cheveux, ils étaient rares. Eh oui, le pauvre pissenlit était bien loin de ressembler à l'une des ces roses fières et élancées. Mais c'était justement près de lui, dans un coin d'herbe calme et sans prétention, que l'amour était venu se poser.

M. Grinberg était amoureux[1]. C'était un sentiment tout à fait inhabituel chez lui. Et, s'il était encore en mesure de s'alimenter très convenablement, l'angoisse l'empêchait de réfléchir et le privait de sommeil. La nuit, calé contre trois gros oreillers, il pensait : *Dieu du Ciel, cette fois, c'est pour ma pomme*. Mais quand était-ce arrivé ? Et comment ? Il ne s'était aperçu de rien. Quelques semaines auparavant, il aurait juré ses grands dieux qu'il finirait vieux garçon. Et voilà qu'il était amoureux. M. Grinberg se leva et erra sans but dans son bureau. Plutôt que de rester enfermé dans cette pièce, il avait envie de marcher, de courir. À quoi pensait-il ? À elle. Où qu'il soit, il pensait à elle. Elle occupait toutes ses rêveries, en tout lieu et à toute heure. Elle. Tout le reste l'ennuyait. Écrire ? Non, il en avait perdu l'envie. D'ailleurs, il ne savait pas de quoi il avait envie.

Est-ce donc si simple de tomber amoureux ? Ma foi ! Dans le cas de M. Grinberg, il avait fallu un petit coup de pouce. En cherchant vainement la recette de l'omelette dans tous les tiroirs, il était tombé tout à fait par hasard sur le journal intime de Mirabella et, après avoir un instant bataillé avec sa conscience, il avait décidé que dévorer page après page le journal intime de quelqu'un d'autre n'entachait en aucun cas la dignité d'un intellectuel. Si un étranger avait fouillé dans l'amas de souvenirs que Mirabella gardait comme un précieux trésor, il aurait haussé les épaules. Rien d'intéressant, aurait-il déclaré avec dédain, rien qui vaille la peine d'être raconté. Mais que pouvait bien savoir un étranger du bonheur qui envahissait cette femme quand elle entendait approcher dans le couloir le pas lourd avec lequel il venait à elle ? Que pouvait bien savoir cet étranger de l'émotion et de la fierté qu'elle ressentait quand, suspendant un instant sa tâche, elle tendait l'oreille et reconnaissait les bruits provenant de son bureau ? Et

136

tandis que M. Grinberg lisait avec ravissement[2] le journal intime de Mirabella, il eut une révélation, il l'aimait. Depuis des années déjà. Et maintenant qu'elle était partie chez sa sœur à Asti, il se sentait abandonné.

M. Grinberg s'assit sur le canapé à côté d'Holstein et, tout en caressant la brave bête, il se remémora un épisode de son enfance – il devait avoir cinq ou six ans à l'époque. Ses parents avaient décidé de l'emmener avec eux pour un week-end à la montagne. À l'époque, c'était un garçon rondouillard, rêveur et un peu craintif, et son père était d'avis que le climat ne pourrait que lui faire du bien. Ses sœurs étaient déjà parties rejoindre la très chic station balnéaire habituellement fréquentée par toute la famille, et, quoiqu'il fût ravi de ces quelques jours en tête à tête avec ses parents, il ne pouvait s'empêcher de les envier, elles qui passeraient leurs vacances sous le signe de l'oisiveté et de la paresse. À la montagne, il était réveillé de bon matin et, après un second petit déjeuner à base de bouillon de poulet, il devait aller se promener avec ses parents dans la forêt voisine. Un jour, alors que les brumes matinales ne s'étaient pas encore dissipées, ses parents le réveillèrent pour une excursion plus longue. On lui avait déjà dit la veille qu'ils passeraient toute la journée dehors. Son père voulait lui montrer un chalet d'alpage où l'on fabriquait du fromage et il était allé se coucher tout excité, impatient que le jour se lève.

Cela faisait déjà plus d'une heure qu'ils marchaient et il sentait la fatigue le gagner. Il avait des points de côté, la sueur perlait à son front. Il aurait bien voulu reprendre son souffle un instant, mais il n'osait interrompre ses parents, qui parlaient avec animation d'un membre de la famille. Il ne percevait que quelques bribes. Tout à leur discussion, ils semblaient l'avoir oublié. «Il se mariera sans doute bientôt», dit sa mère avant de disparaître au détour du chemin. *Juste un instant, juste un petit instant*, pensa-t-il, et il s'arrêta, essuya de la manche de sa chemise son visage rouge et trempé de sueur. Il ne s'était pas arrêté plus de quelques minutes mais, quand il se remit en marche et atteignit le détour du chemin, il se retrouva soudain seul. *Ce n'est pas possible*, pensa-t-il, désespéré. «Maman! Papa!» appela-t-il. Mais il n'obtint pour toute réponse que le bruissement du vent dans les feuilles.

Remarquant bientôt qu'ils avaient marché trop vite, ses parents firent demi-tour. Quand il les aperçut enfin, d'abord la silhouette de son père, puis celle de sa mère, il sortit de sa torpeur et éclata en sanglots. Il fallut beaucoup de baisers et de paroles pour l'apaiser. Même plus tard, il songeait avec horreur à la peur qui l'avait paralysé et à cet étrange sentiment qu'il avait éprouvé en comprenant que ses parents, ne serait-ce que pour un court instant, l'avaient bel et bien oublié. Il se revoyait au beau milieu de la forêt, seul et abandonné, le visage rouge et trempé de sueur, les vêtements collés au corps, il se revoyait, sans défense, sous les arbres qui bruissaient.

M. Grinberg était-il triste en évoquant ce souvenir d'enfance ? Pensez-vous ! Il ne songeait déjà plus qu'à Mirabella.

Il faut que j'écrive mon article, se disait-il. Il plongea la tête dans ses mains, réfléchit, mais rien ne lui vint à l'esprit. Cela ne servait à rien, il s'écartait sans cesse de son sujet et ne voyait que Mirabella, son visage rond, son sourire, ses lèvres qui s'entrouvraient pour lui parler. Tout lui apparaissait maintenant sous un jour différent, plein de promesses. Il passait son temps à imaginer l'avenir. À examiner une considération ou une autre, à songer à ce qu'il devrait lui dire, à ce qu'elle lui répondrait. Puis, au beau milieu de son plus beau rêve, il se reprenait, soudain saisi d'une ardeur nouvelle. *Je suis un intellectuel*, se disait-il, *il faut que j'écrive mon article*. Il empoignait son stylo avec détermination et réfléchissait, mais ses idées rechignaient à prendre la forme de phrases. Soudain, un bruit le tira de ses rêveries. Qu'est-ce que... On passait l'aspirateur devant

139

son bureau ? Elle était donc revenue ? D'un bond, il fut devant la porte et l'ouvrit en grand. *Ah non*, se rappela-t-il, déçu, en voyant les enfants, *c'est vrai qu'elle est à Asti chez sa sœur.*

« Oh, pardon, on ne voulait pas vous déranger, s'excusa Mathilda en voyant la mine sombre de M. Grinberg.

– Me déranger ? demanda celui-ci avec étonnement. Mais vous ne me dérangez pas du tout. » Et il les invita à entrer dans son bureau.

Bientôt, ils discutaient à bâtons rompus. Comme à son habitude, Mathilda ne tarda pas à exprimer son opinion et décréta qu'un bureau se devait d'être rangé, surtout maintenant que tout l'appartement était purement et simplement reluisant.

M. Grinberg accepta-t-il qu'un petit nez indiscret lui fasse ainsi la leçon ? Ne trouva-t-il pas Mathilda bien impertinente ? Au contraire, il se dit qu'il était temps de mettre de l'ordre chez lui, et il commença aussitôt à trier ses piles de papiers. Il s'empara des fiches, des cahiers et des blocs-notes qui s'entassaient sur, à côté et sous son bureau, et entreprit de les classer. Et ce qui devait arriver arriva : en rangeant ses papiers, M. Grinberg en profita pour les lire. Et ce qui devait arriver arriva : plongé dans sa lecture, il en oublia de ranger.

C'est ainsi que M. Grinberg tomba sur une petite histoire qu'il avait notée des années auparavant. Non seulement il avait oublié l'histoire, mais il avait aussi oublié qu'il l'avait notée, si bien qu'en la retrouvant il fut tout heureux[3].

«Tiens, c'est étrange! fit-il en riant. Je viens juste de repenser à un vieux souvenir d'enfance, et voilà que je retrouve, des années après l'avoir notée, une vieille histoire que j'aimais.

– Quel souvenir? demanda Juliette.

– Quelle histoire?» s'enquit Mathilda.

M. Grinberg regarda tour à tour les deux fillettes, indécis, avant d'opter pour le souvenir. «Je devais avoir six ans à l'époque. Mes sœurs avaient déjà pris leurs quartiers d'été au bord de la mer, mais moi, je devais aller à la montagne avec mes parents…», commença-t-il, tandis que les enfants, ouvrant tout grand leurs oreilles, se regroupaient pour l'écouter.

Peu après, une conversation animée s'engagea sur les supplices endurés. Et comme chacun était intimement persuadé d'avoir vécu le pire et qu'aucun ne voulait être en reste, Mathilda, Lucas, Juliette et Simon racontèrent à qui mieux mieux les histoires les plus affreuses qu'ils avaient vécues. Avec empressement et sans se départir un instant de leur bonne humeur, ils décrivirent les pattes poilues d'une araignée qui avait élu domicile dans un coffre à jouets, firent le récit

141

d'un serpent boa échappé du zoo, dépeignirent dans les teintes les plus sombres la pénombre d'un couloir qu'il fallait traverser pour rejoindre la chambre des parents. À chaque nouvelle situation terrible, à chaque nouvelle injustice, à chaque nouveau danger, leur enthousiasme grandissait. Mathilda fit notamment d'une certaine cousine un portrait des plus disgrâcieux[4].

« Les histoires les plus terribles, c'est au théâtre qu'elles se jouent », lança Paul qui n'avait pas dit un mot jusque-là. Chacun avait dans les mains un bol de chocolat chaud fumant préparé à la manière des Espagnols. Ils avaient fait chauffer du lait dans une casserole, puis ajouté des carrés de chocolat noir et remué jusqu'à ce que le liquide blanc devienne peu à peu sombre, soyeux, bien épais. Toute la cuisine embaumait. Ah, pourquoi le chocolat avait-il une odeur si enivrante ? songeait Mathilda tandis que Paul, sans reprendre son souffle, faisait le compte des cadavres : « Un prince apprend que son père a été assassiné. Numéro un. Après ça, sa bien-aimée se noie dans un ruisseau. Numéro deux. Il poignarde son beau-père. Numéro trois. Sa mère trempe les lèvres dans un vin empoisonné qui était destiné au prince. Numéro quatre…

– Eh ben dis donc, fit Lucas, moi qui pensais qu'on s'ennuyait, au théâtre. »

Cela faisait déjà un petit moment qu'ils discutaient ainsi, comme le font des amis qui n'ont rien d'important à se raconter mais sont heureux de passer un moment ensemble, dans l'intimité.

M. Grinberg regardait Paul avec étonnement pendant que les autres enfants continuaient de bavarder gaiement. Il parlait bien de *Hamlet*, là ? Le petit avait bien raconté l'histoire de *Hamlet* ? Comment Paul pouvait-il bien connaître l'existence de *Hamlet*, à son âge ? Ce n'était quand même pas une pièce à la portée de tout le monde ! M. Grinberg lui-même avait tenté de la lire et s'était endormi dessus… Et si lui, érudit de haute volée, n'en était pas venu à bout, comment un enfant, même le plus éveillé… Ce petit ne cessait de le surprendre ! Cet après-midi-là, il apprit aussi que Paul avait fait du théâtre dans une troupe amateur.

Avait ? s'étonna M. Grinberg.

« Tu n'en fais plus ?

– Non », répondit Paul, et il changea de sujet[5].

Le jour déclinait. À l'horizon, les premiers lambeaux de nuit noire se déployaient déjà. Quelques maisons, quelques toits étaient encore baignés par les derniers rayons du soleil. Le ciel se parait de rouge. Un dernier rai de lumière caressa encore le bureau de M. Grinberg, enveloppant les objets de son éclat. Le mur étincela. Puis la chaise, une étagère, la fenêtre. La pénombre s'installa. Pendant un instant, comme s'ils percevaient tous la solennité du moment, les enfants se turent. Mais le silence fut de courte durée, car M. Grinberg lança soudain :

« Et si nous allions au théâtre ? »

– Pharamineux ! » s'écria Mathilda, devançant l'enthousiasme des autres.

Après avoir consulté le programme dans le journal, ils se mirent d'accord sur une pièce et une date, et chaque enfant promit de demander à ses parents l'autorisation de sortir.

Dans la nuit, M. Grinberg repensa à la conversation qu'il avait eue avec Mathilda et Simon. Les deux enfants avaient traîné un moment dans le couloir, bien après le départ des autres. Visiblement, ils voulaient lui dire quelque chose, mais n'osaient faire le premier pas. M. Grinberg décida d'attendre. Il n'eut pas à patienter bien longtemps. Après quelques messes basses dans le couloir, on frappa à la porte.

« Oui ? lança-t-il, et les deux enfants entrèrent dans son bureau.

– C'était très chouette de votre part », dit Mathilda, puis elle raconta d'une traite toute l'histoire. Paul avait fait du théâtre pendant six mois et cela lui avait énormément plu. En plus, il était vraiment doué. Mais ensuite, sa grand-mère était tombée malade et, comme si la maladie n'était pas déjà assez terrible pour lui, il avait aussi renoncé à ce qu'il aimait le plus, la scène.

« Vous lui avez vraiment fait plaisir, ajouta Simon quand Mathilda eut terminé son récit.

– Asseyez-vous, dit alors M. Grinberg en désignant le canapé. Je ne savais pas que Paul avait renoncé au théâtre parce que sa grand-mère… » Il se leva, alla à la fenêtre et, le dos tourné, raconta : « Quand j'avais à peu près votre âge, je suis tombé fou amoureux de notre professeur de piano. Un jour, j'ai surpris mes sœurs et mes parents en train de se moquer de moi à cause de ça. Rien de bien grave, mais à l'époque ç'a été horrible de ne pas être pris au sérieux. Je voulais partir, et j'aurais sûrement fugué si je n'avais pas rencontré par hasard un garçon qui m'en a empêché. » Il se retourna et revint à son bureau. « C'est devenu mon meilleur ami. Et pendant des années, chaque fois que l'un de nous avait un problème, nous nous sommes entraidés. Il m'a soutenu, encouragé, consolé, et j'ai fait la même chose pour lui. Nous parlions pendant des heures de ce que nous pensions et ressentions, de ce que nous attendions de l'avenir et de ce dont nous avions peur. Le monde nous aurait paru vide si l'autre n'avait pas été là. Et puis, un jour, nous nous sommes perdus de vue. C'est comme ça quand on devient adulte. »

M. Grinberg haussa les épaules. « Vous n'avez

vraiment pas à me remercier, dit-il, c'est moi qui vous remercie. J'avais oublié. Quel âne ! Mais vous m'avez permis de m'en souvenir. » Il posa sur eux un regard plein d'affection. Quelle petite bande épatante ils formaient ! « Allez, les mômes », dit-il ensuite, honteux de tant de sentimentalisme. Il regarda sa montre et fit un geste de la main, comme pour chasser les mouches. « Zou ! Rentrez chez vous, j'ai à faire. »

Les enfants se levèrent et s'étirèrent. Ils prirent leurs manteaux et se dirigèrent vers la porte. Avant de sortir, Mathilda se retourna : « Permis de vous souvenir de quoi ? » demanda-t-elle.

M. Grinberg sourit. « Qu'il n'y a rien de plus précieux que d'être l'ami d'un ami[6]. »

1. M. Grinberg s'étonnait lui-même : hier encore, il savourait sa tranquillité, et aujourd'hui il se sentait seul. Pourquoi ? Parce qu'il était amoureux. Et comme il était amoureux, il avait une drôle de sensation dans le ventre.

Comme il était amoureux, il commençait dix choses et n'en terminait aucune.

Comme il était amoureux, il regardait l'heure à tout bout de champ.

Comme il était amoureux, il ne songeait qu'à la revoir – mais quand il pensait à leurs retrouvailles prochaines, il souhaitait qu'elle ne vienne pas, ce qu'il n'aurait cependant pas supporté.

Comme il était amoureux, il ne comprenait que rarement ce qu'il lisait.

Comme il était amoureux, il avait les larmes aux yeux en regardant les émissions de télévision les plus stupides.

Comme il était amoureux, il se figurait son bonheur jusque dans les moindres détails.

Comme il était amoureux, il se trouvait trop empoté, trop massif, et ne savait que faire de son corps.

Comme il était amoureux, le temps passé sans elle n'avait pas de sens.

Comme il était amoureux, il se demandait sans cesse : Et elle, m'aime-t-elle aussi ?

Comme il était amoureux, le monde sans elle était vide. Mais peut-on vraiment affirmer qu'on est seul et abandonné quand on sait que la population mondiale s'élève à 6,7 milliards d'êtres humains ? C'était complètement insensé, et pourtant c'était ainsi : comme il était amoureux, il se sentait seul et abandonné sans elle.

2. Avec ravissement ? Mais qu'est-ce que c'est que ce mot ringard ?! Un mot presque aussi poussiéreux que goujat, malandrin, jouvencelle, malotru, garnement ou catherinette. Qui parle encore aujourd'hui de « ravissement » ? M. Grinberg. Et il parlait aussi, quand il pensait à Mirabella, de délectation, de transport, de félicité, de flamme, d'égarement, d'enivrement… Il aurait même fait usage d'encore bien d'autres états d'âme si cela avait pu l'aider à décrire ce qu'il était : amoureux.

Mathilda avait lu quelque part que la majorité des gens se contentent de cinq cents mots pour communiquer. Mais si elle pensait à sa cousine qui désignait quasiment tout ce que contenait son appartement par « le truc, là », il fallait sérieusement revoir ce chiffre à la baisse. Et quand on y réfléchissait bien, l'oncle Hubert se contentait lui aussi de peu, puisqu'il qualifiait de « débilités » presque tout ce que les étrangers font à l'étranger et regroupait toutes les langues que les étrangers parlent à l'étranger sous le terme d'« étranger », peu importait qu'il s'agît de sino-étranger, d'hispano-étranger, d'italo-étranger ou de russo-étranger. De la même manière, il arrivait parfois à la mère de Mathilda de traiter d'« effrontés » tous ceux qui croisaient son chemin, sans se donner la peine de les nommer caissière ou piéton, vendeuse ou couturière, chef de service ou facteur, vendeur de journaux ou motard, mère avec poussette ou couple d'amoureux. Sans oublier bien sûr Benjamin Gravier qui, dans ses moments de révolte contre son destin de professeur, qualifiait indifféremment le bureau, le cahier d'exercices, l'éponge, le tableau, le cahier de présence, la craie ou la chaise d'«absolument inacceptables». Quoi qu'il en soit, comme Mathilda avait lu que les bons orateurs possèdent un vocabulaire d'au moins vingt mille mots et qu'elle comptait bien devenir un bon orateur – au moins pour faire enfin comprendre à ses parents qu'elle avait besoin de plus d'argent de poche et qu'un hamac dans sa chambre, ce serait purement et simplement pharamineux –, elle avait commencé à noter tous les mots. Ceux qu'elle connaissait. Et ceux qu'elle ne connaissait pas.

3. «Alors comme ça, tu veux savoir comment on devient heureux?» lui avait demandé son grand-père, et il lui avait raconté une histoire qui, bien sûr, devint l'histoire favorite de M. Grinberg.

Un jour, un homme pieux se présenta chez un tsadik et se plaignit : «Toute ma vie, j'ai jeûné et renoncé à la volupté. Jamais je n'ai calomnié personne ni blasphémé. J'ai travaillé dur et rendu service autour de moi. Je n'ai pas bu d'alcool, je n'ai pas chanté, je n'ai jamais dansé ni même regardé une seule femme. Et pourtant, j'ai eu beau être dur envers moi-même et vivre modestement, Dieu ne m'a jamais parlé.

– Il faut donc qu'il te parle?» demanda le tsadik, et il emmena l'homme pieux jusqu'à son étable.

«Vois-tu cette créature? demanda-t-il. Elle ne se nourrit que d'eau et de foin, ne calomnie jamais et travaille chaque jour, qu'il pleuve ou qu'il vente.

— Mais comment peux-tu me comparer à elle ? répliqua l'homme pieux, indigné. Ce n'est qu'un âne.

— Ah bon », dit le tsadik en hochant la tête avec malice, et il rentra chez lui.

4. Toute petite, Mathilda jouissait d'un solide appétit. Si solide qu'il lui arrivait souvent de manger plus que sa cousine, de dix ans son aînée. Il est vrai que Mathilda, avec ses quatre dents de lait, engloutissait sans difficulté tout ce qu'on lui servait tandis que sa cousine faisait la fine bouche. Bien souvent, pendant que leurs mères avaient le dos tourné, la grande faisait donc discrètement passer à la petite ce qu'elle ne comptait en aucun cas avaler ni même approcher de ses lèvres plissées en une moue de dégoût. Et Mathilda jetait des regards pleins de reconnaissance et d'amour à cette cousine si généreuse, pendant qu'elle avalait les viandes les plus dures, les brocolis les plus cuits ; elle avalait même le poisson trop bouilli, la soupe la plus fade et le chou-fleur trop salé. Un vrai bonheur pour une mère ! Il suffisait de la regarder gigoter avant le repas, de la voir tendre son petit corps dès qu'on l'installait sur sa chaise haute, de voir la joie illuminer sa bouille toute ronde quand on lui attachait un bavoir autour du cou — et quand l'assiette approchait, elle levait ses bras potelés avec un tel enthousiasme que même le plus bourru des hommes aurait été forcé de sourire. Doit-on alors s'étonner que cela lui ait valu quelques surnoms ? Ses parents l'appelaient affectueusement Face de Lune ou Miss Miam-Miam. « Quenelle ! Gras double ! » renchérissait sa cousine.

Un après-midi où la famille était réunie pour le thé, on en vint à parler de tout ce que la Quenelle avait dû avaler à la place de sa cousine. Celle-ci, en riant, demanda si Mathilda lui pardonnerait un jour. Quoi, du poisson gélatineux et du brocoli trop cuit ? Mathilda ressentit au plus profond l'offense qui lui avait été faite, mais quand elle voulut dire à cette petite effrontée ce qu'elle pensait d'elle, de ses pleurnicheries et de ses simagrées, de son mariage et de son Eddy, sa mère lui coupa la parole.

« Tout cela est bien sûr dépassé et oublié. N'est-ce pas, Mathilda ? »

Mathilda jeta un coup d'œil à sa mère et décida en grinçant des dents que hocher la tête était pharamineusement la meilleure chose à faire. D'accord, elle pardonnerait et oublierait. Mais elle n'oublierait jamais, ah ça non, jamais, qu'elle avait pardonné !

5. Paul voulait faire du théâtre, jouer la comédie, incarner des personnages. Ce besoin était toujours là, comme une toux sourde qui aurait encombré sa poitrine. Si sa mère ou son père lui demandaient pourquoi il avait arrêté, il répondait sèchement que le théâtre, il s'en fichait. *C'est ça, tout le monde est content, tout le monde va bien*, ajoutait-il en pensée quand ses parents l'encourageaient à reprendre le cours normal de sa vie, comme si sa vie était une bobine de fil. Mais peut-on vraiment reprendre les choses là où on les a laissées ? Vivre tout simplement comme avant ? Faire comme si la mort n'avait rien changé ? Cette seule pensée l'emplissait d'une rage inouïe. *Oh, comme je les déteste, je les déteste tous,*

151

se disait-il en écoutant la rumeur du quotidien, assis dans sa chambre.

Il lui arrivait souvent de ne pas savoir comment s'extirper de cette rage, de rester blotti en elle, comme prisonnier. Le soir, quand ses parents essayaient de lui faire la conversation, il se contentait de lever les yeux de son assiette et de les fixer sans mot dire. Si seulement ils l'avaient laissé en paix. Si seulement ils ne lui avaient pas parlé doucement, à mi-voix, comme si quelqu'un dormait dans la pièce d'à côté, ou sur ce ton faussement insouciant, dégoulinant de gaieté. Il n'y avait que M. Grinberg qui n'attendait rien de lui. Avec son air toujours un peu ailleurs, toujours un peu absent, il se contentait de l'écouter. Et souvent un simple regard leur suffisait pour se comprendre. Tu as vu ça ? avaient demandé les yeux écarquillés de M. Grinberg quand Mathilda lui avait volé sous son nez la dernière crêpe. Alors, comment tu me trouves dans mon costume du dimanche ? interrogeait son regard, confus. Un peu juste au niveau du ventre, pas vrai ? Et M. Grinberg lui tapait sur l'épaule et riait si fort de lui-même, de si bon cœur, que Paul n'avait plus qu'à en faire autant.

6. Cette nuit-là, Mathilda resta longtemps éveillée, elle aussi. Être l'ami d'un ami ? Quelle drôle de formulation ! Et toutes les questions que cela suscitait ! Pouvait-on être l'ami de quelqu'un qu'on n'appréciait pas ? Pouvait-on être l'ami d'un ennemi ? L'amitié ne se fondait-elle pas toujours sur la réciprocité ? Mais comment en être sûr ? Elle était amie avec Juliette, mais Juliette était-elle amie avec elle ?

152

Et si elle appréciait plus Juliette que Juliette ne l'appréciait, était-ce encore de l'amitié? Que dire aussi de Lucas qui s'était occupé de ses cailloux et leur avait trouvé un endroit d'où on avait une belle vue, Lucas qui aimait les arbres… Les arbres et les cailloux ne l'aimaient pourtant pas en retour! Et tous les chanteurs, tous les acteurs que ses copines de classe rêvaient d'avoir pour amis. Était-ce vraiment de l'amitié? Et M. Grinberg, qui avait perdu de vue son meilleur ami seulement parce qu'il était devenu adulte. Les adultes n'avaient-ils donc pas de temps pour l'amitié? Allait-elle elle aussi oublier Juliette en grandissant? Mais si elle l'oubliait, alors c'était quoi, l'amitié? Des questions à n'en plus finir. Mathilda était fatiguée. Allongée dans son lit, elle écoutait les cliquetis sourds et réguliers du radiateur, les grince-ments du parquet et de l'armoire dont le bois sem-blait parler. Pour une raison inconnue, ces bruits lui firent penser à M. Grinberg. *Bon*, se dit-elle, et, ouvrant à peine les yeux, elle murmura : « Petit Rab-bijésusmarieallahbouddhamondieu, fais que je ne devienne jamais assez adulte pour perdre mes amis de vue. »

Chapitre dixième

Un paquet de chewing-gums gratuit et un livre mystérieux. Quelqu'un pleure. Un nid dans la pénombre. Pourquoi certaines personnes s'immiscent dans une conversation sans qu'on leur ait rien demandé et d'autres pas. Une lettre de deux lignes.

Après avoir quitté le petit Lucas, Juliette et Paul firent encore un bout de chemin ensemble, parlant de tout et de rien. Bientôt, ils eurent assez critiqué le collège, les cours et leurs professeurs, et la conversation s'étiola. Le soir tombait. Sur les façades des immeubles, les fenêtres s'illuminaient les unes après les autres, étage après étage. À l'une de ces fenêtres, une mère guettait le retour de son enfant.

« Poupounette, poupounette ! » cria-t-elle joyeusement en découvrant la silhouette de sa fille parmi les ombres noires. La fillette jeta un regard honteux autour d'elle, rentra la tête dans les épaules et disparut dans l'immeuble.

« Ça fait un moment que je veux te dire quelque chose. » Juliette enfonça les mains dans les poches de son manteau.

« Je t'ai vu hier.

– Ah ? » fit Paul. Ils se dirigeaient vers la boulangerie d'où s'échappait une odeur de pain frais qui leur donna envie de s'acheter quelque chose. Paul fouilla dans son pantalon, trouva de la monnaie et interrogea Juliette du regard. Elle approuva de la tête. Quand il ressortit, il lui tendit le sachet.

« Je n'ai pas vraiment le droit… », protesta-t-elle, et elle se servit malgré tout.

Ils s'assirent sur le banc, près du marronnier.

« Qu'est-ce que tu voulais me raconter ? demanda Paul après s'être essuyé les mains sur son pantalon.

– Je t'ai vu hier, reprit Juliette prudemment, quand tu donnais des coups de pied dans le distributeur de chewing-gums. » Puis elle ajouta, après un moment d'hésitation : « Je connais ce sentiment. »

Paul la dévisagea d'un air sceptique. « Ce sentiment ? De quoi tu veux parler ? »

Elle chercha une réponse, réfléchit, puis dit :

« La colère.

– Et pourquoi est-ce que je devrais être en colère contre un distributeur de chewing-gums ?

– Non, pas contre le distributeur, mais… » Elle se tut, avant de reprendre dans un souffle : « Parce qu'elle est morte.

155

« – Mais pas du tout, dit-il et secouant la tête, c'était juste pour avoir un paquet de chewing-gums gratuit. » Il leva les yeux vers elle, la regarda un instant, puis lui expliqua l'affaire. Que la machine était cassée et qu'il suffisait de donner un coup de pied dedans pour obtenir des chewing-gums à volonté. « Tout le monde croit toujours tout savoir, dit-il. Mes parents, la prof, les voisins, et toi aussi, maintenant. Tout le monde croit savoir ce que je pense ou ce que je ressens, endure ou souffre, et personne ne pense à me poser tout simplement la question[1]. »

Mais quelle question fallait-il poser ? Juliette ne savait pas très bien. Et comment aurait-elle pu le savoir ? Chez elle, par bonheur, il n'y avait pas encore eu de décès. Mais une chose était sûre, aujourd'hui même elle remettrait à Paul le Livre des questions[2].

Paul ne s'arrêtait plus de parler. De temps en temps, il regardait sa montre. Il savait que s'il était en retard, ne serait-ce que d'une minute, ses parents s'inquiéteraient encore. Ils s'inquiétaient beaucoup pour lui ces derniers temps, même s'ils essayaient de n'en rien laisser paraître. Souvent, il remarquait le regard aux aguets de sa mère et ses yeux scrutateurs qui le dévisageaient avec attention. Tout va bien ? demandait ce regard. Tu n'as besoin de rien ? Tu es sûr que je ne peux pas

t'aider ? Cela le rendait fou. Pourquoi ne le laissait-elle pas enfin tranquille ? Pourquoi consi-
dérait-elle comme de son devoir de se soucier
constamment de lui ? Il savait bien qu'elle ne lui
avait rien fait. L'avait-elle fait souffrir ? Non. Et
pourtant il était impossible, strictement impossible, de lui pardonner. De lui pardonner quoi ?
Paul n'en savait rien, et il avait bien des questions. Pourquoi était-elle morte ? Parce qu'elle
était malade. Pourquoi était-elle tombée malade ?
Parce que les gens tombent malades. Pourquoi
les gens tombent-ils malades ? Parce que, parce
que, parce que. Ils avaient toujours réponse à
tout. Paul en avait assez qu'on lui assène toujours des réponses !

« Le pire, dit-il en passant lentement la main
sur le bois lisse du banc, le pire, c'est qu'ils veulent tous me consoler. Mais je ne veux pas qu'on
me réconforte ni qu'on me console. » Pourquoi
refusait-il tout apaisement ? Cette question ne le
laissait pas en paix[3].

Le soir même, Juliette lui apporta le livre et
Paul s'y plongea. Il parcourut les premières pages
et tandis qu'il avançait dans sa lecture, le monde
autour de lui semblait disparaître. On aurait dit
que les bruits avaient conclu un pacte, que les
gens marchaient sur la pointe des pieds pour
ne pas le déranger. Oui, il était captivé, happé,

intrigué par ce qu'il lisait. À certains endroits, il revenait plusieurs fois sur la même phrase, incapable de s'en détacher. Ailleurs, il survolait une histoire avec impatience. Venez-en au fait, avait-il envie de crier aux phrases qui se plaignaient d'injustices, qui gémissaient et se frappaient la poitrine.

Sa lecture terminée, il referma le livre et attendit, mais rien ne se passa. De temps à autre, il vérifiait, mais toujours rien. « Tu verras, lui avait dit Juliette, quelques pages vont s'effacer pour que tu puisses écrire ta propre histoire. » Il jeta de nouveau un coup d'œil, scruta les pages à contre-jour, se concentra. Rien. Avait-il oublié quelque chose ? Avait-il mal compris ce que Juliette lui avait dit ? Il posa les deux mains sur le livre et tenta de se remémorer ses prescriptions, quand soudain il sursauta, puis tendit l'oreille. Un bruit étouffé, discret, lui parvenait depuis le salon. C'était à peine audible. D'ailleurs, il ne l'avait pas véritablement entendu, mais plutôt pressenti : quelqu'un pleurait. Il se leva et avança dans le couloir sombre en direction des pleurs. Un moment, il resta immobile devant la porte entrebâillée, puis il surmonta sa gêne et pénétra dans la pièce.

La mère de Paul était à genoux par terre et essuyait avec un torchon une petite tache de liquide foncé. « C'est juste que…, dit-elle en le voyant. J'ai seulement renversé mon thé. » Elle se releva lentement et sécha ses larmes avec la manche de sa robe de chambre aux fleurs délavées, puis elle lui demanda s'il voulait boire quelque chose. Il perçut dans sa voix un tremblement infime qu'elle tentait de réprimer.

« Oui », dit-il, et il la suivit à la cuisine.

Ils n'allumèrent pas et restèrent assis en silence dans ce nid de pénombre. Quelque chose de chaud et d'enveloppant en émanait, comme si l'obscurité n'absorbait pas seulement les couleurs et les contours des objets, mais aussi le chagrin. Une voiture passa dans la rue. Du coin de l'œil, il observa furtivement son visage éclairé par les phares. La douleur s'était évanouie de ses traits, ne laissant plus que la trace d'une immense tristesse. La voiture tourna au coin de la rue et le calme revint. Elle soupira. Il s'approcha et, blotti contre elle, s'abandonna.

Ce sentiment d'apaisement ne le quitta pas, même plus tard, quand il se retrouva seul dans sa chambre. Pendant longtemps, des sensations diverses l'avaient malmené. Il ne se sentait jamais à sa place, toujours dans l'attente du départ, avait toujours eu l'impression d'être au mauvais endroit, au mauvais moment. Mais ce soir-là, dans la cuisine, tout lui avait semblé évident, non pas plaisant, non pas gai, mais aussi clair, aussi naturel que son propre souffle.

159

Pendant un instant, il avait perdu toute notion du temps, ne sachant plus s'il était tôt ou bien s'il était tard, et cela n'avait aucune importance. Son corps était engourdi et fatigué, mais sa tête était légère. Il ne s'était pas donné la peine de bien faire ou de trouver un sujet de conversation, il n'avait rien dit de gentil. Elle non plus ne s'était pas efforcée d'être aimable, attentive, et elle ne l'avait pas observé de son regard inquiet. Il avait posé sa tête contre elle, dans les plis et replis de sa robe de chambre, contre son épaule qui se levait et s'abaissait presque imperceptiblement, dans un mouvement doux et constant.

Il allait s'endormir, son corps déjà lourd entre les draps, quand une intuition le traversa subitement et lui fit rouvrir les yeux. Pendant un petit moment, il resta allongé dans son lit, inerte. Un bref combat s'engagea entre sa fatigue et sa curiosité. Puis il s'assit et sauta du lit en prenant appui sur ses deux mains. À tâtons, il avança dans la pièce obscure et, malgré ses précautions, se cogna le pied contre un objet. *Sans doute la caisse de petites voitures*, pensa-t-il en ressentant une douleur fugace – il lui semblait pourtant l'avoir laissée près de la fenêtre. Il arriva devant son bureau, chercha la lampe, trouva l'interrupteur, sortit le livre du dernier tiroir et l'ouvrit. Il retint son souffle, tourna les pages… Il ne s'était pas trompé : sur quelques-unes, les lignes s'étaient estompées.

Il n'en fut même pas surpris. Cela lui parut naturel. Il s'assit, réfléchit un court instant et écrivit :

«Cette nuit, j'ai vu ma mère pleurer parce qu'elle avait renversé sa tasse de thé. Elle sanglotait comme si un drame affreux était arrivé. Il y a vingt-deux jours, sa mère, ma grand-mère, est morte… »

1. Mathilda aussi se plaignait qu'on ne lui pose que rarement les bonnes questions, et elle avait établi une liste de sujets sur lesquels elle aurait bien aimé qu'on l'interroge. Bien sûr, elle savait qu'en habitant au troisième étage d'un immeuble, et non sur un trois-mâts tombé aux mains de pirates, elle avait peu de chance de faire naufrage. Néanmoins, elle aurait trouvé formidable que quelqu'un s'intéresse un jour à ce qu'elle aurait aimé emporter avec elle sur une île déserte. Elle aurait pu dire aussi la couleur à laquelle elle n'aurait renoncé pour rien au monde, à supposer qu'il faille soudain choisir d'en éliminer une. Parfois, elle se demandait encore quels étaient les détails qui lui rappelleraient plus tard sa grand-mère, son grand-père, sa mère ou son père. Et, évidemment, elle aurait bien aimé savoir quel était le vêtement préféré de ses parents et pourquoi. Ou qu'ils essaient de lui décrire ce qu'ils voyaient en premier le matin, en ouvrant les yeux. Mathilda avait tout un tas de questions en réserve. Et, pour tout dire, elle les trouvait bien plus intéressantes que celles de sa mère qui demandait par exemple quand Mademoiselle comptait enfin ranger sa chambre ou si elle envisageait de manger du brocoli un jour.

« Ce ne sont pas de vraies questions, avait un jour expliqué Mathilda à sa mère. Ce sont des ordres dans des gants de velours. »

2. Pour Juliette, se séparer du Livre des questions n'était vraiment pas facile, mais elle aurait eu trop honte de le garder pour elle. Elle le fit sans trop y réfléchir longuement, comme si elle avait eu

162

en elle une sorte de balance qui régissait ses actes. Pourquoi était-ce ainsi ? Elle n'en savait rien. C'était le même sentiment qui, chez le boulanger, la poussait finalement à demander un pain au lait d'une voix gênée, un peu voilée, alors que dans la file d'attente elle avait jeté son dévolu sur un double éclair au chocolat. Le même sentiment qui, en classe, quand elle connaissait la réponse à une question posée, la faisait douter de sa solution jusqu'à ce qu'un autre élève lève la main avec impatience et réponde à sa place. Le même sentiment qui, quand elle était en retard à un cours, la poussait à grimper les marches quatre à quatre, le cœur battant la chamade et la sueur ruisselant sur ses tempes. Le même sentiment encore qui lui faisait baisser les yeux quand Mathilda s'immisçait dans une conversation sans qu'on lui ait rien demandé. Juliette aurait pu manger des doubles éclairs au chocolat, monter les escaliers tranquillement et dire ce qu'elle pensait. Elle aurait pu tout simplement garder le livre – s'il n'y avait pas eu ce sentiment. Mais quel sentiment ? Elle aurait été bien en peine de l'expliquer, et, si elle y avait été forcée, elle se serait contentée de hausser les épaules, perplexe.

3. Il y avait tant de questions. Tant de questions. Un jour, c'était peu avant la mort de sa grand-mère, Paul était allé la voir à l'hôpital. Ce n'était pas la dernière fois qu'il l'avait vue et, pourtant, c'est cette visite qui était restée gravée dans sa mémoire. Elle dormait. Depuis peu, elle dormait de plus en plus souvent. Il s'assit auprès d'elle sans faire de bruit et dut s'assoupir lui aussi. Quand il se réveilla en sursaut, elle avait

ouvert les yeux et l'observait. Il se leva pour lui apporter à boire et, soutenant sa tête, sentant alors combien elle était devenue faible et maigre, il se mit à pleurer. Avec douceur, elle avait alors posé sa main sur son bras et, peu à peu, il s'était calmé. Comme elle aimait qu'il le fasse, il lui avait parlé de ses amis. Il songeait à peine à ce qu'il racontait, et quand il en eut assez il demanda : « Mais qu'est-ce que je peux faire ? »

Peut-être ne l'avait-elle pas compris, peut-être ne voulut-elle pas l'entendre, en tout cas elle ne répondit pas. Ensuite, l'infirmière entra et il dut quitter la chambre. Sur le pas de la porte, il se retourna et elle lui adressa un petit signe de la main.

Il était alors allé jouer au foot avec ses copains et avait instantanément oublié toute la scène, ou plutôt il s'en était débarrassé, l'avait abandonnée comme une chemise sale. Il voulait s'amuser, rire, chahuter, il sentait en lui une énergie débordante. Ce n'est que le lendemain qu'il avait pensé à elle et s'était senti un peu coupable de l'avoir chassée de ses pensées avec autant de facilité.

Et puis sa lettre était arrivée. Il la garda longuement entre ses deux mains avant de l'ouvrir enfin, le cœur battant. Elle avait écrit deux lignes de son écriture tremblante :

Tu veux savoir ce que tu peux faire pour moi ?
Sois heureux.

Mais comment, avait-il alors songé, comment pouvait-il être heureux sans elle ?

Chapitre onzième

Qui peut bien avoir besoin de pitié ? Peut-on permettre aux adultes de lire un livre pour enfants ? Un M. Grinberg tiré à quatre épingles. Un sentiment tout nouveau. Rien que des prétendants. 377 âneries, 48 demi-âneries et 24 quarts d'âneries. Mirabella revient. Un cœur, un lâche cœur.

Pendant les quinze jours qu'il avait passés sans elle, il s'était senti moins oppressé que maintenant, juste avant son retour. Il avait attendu ce moment avec impatience, et maintenant qu'il savait qu'elle serait près de lui dans quelques heures, il se sentait dépassé. Huit heures, huit petites heures seulement ! Anxieux, M. Grinberg marchait de long en large dans son bureau. Cent fois, il ressassa ce qu'il comptait lui dire. Cent fois, il changea d'avis. C'était sans espoir. C'était impossible. À tous les coups, elle lui servirait une excuse cousue de fil blanc pour justifier son refus, et ensuite elle tâcherait de le consoler. M. Grinberg frémit, ses oreilles s'embrasèrent sous le coup de l'émotion, et les fameuses taches rouges firent leur apparition, marbrant son visage. *Je n'en ai rien à faire, de ta pitié*, pensa-t-il avec colère. Et si elle était entrée dans la pièce à cet instant, c'est certainement ce qu'il lui aurait hurlé[1].

Cependant, ce ne fut pas Mirabella qui entra, mais Paul. Il passa la tête par l'embrasure de la porte juste à l'instant où M. Grinberg se disait pour la centième fois qu'il n'avait besoin de la pitié de personne. Et, à cette pensée, il faisait une mine si misérable, pressait les deux mains avec un tel désespoir et regardait dans le vide avec un tel air de martyr que Paul eut aussitôt pitié de lui.

« Oui ? fit M. Grinberg. Que se passe-t-il ?

– Je voulais juste savoir ce que je dois acheter pour aujourd'hui », répondit Paul.

M. Grinberg haussa les épaules, appuya les deux coudes sur le bureau, la tête dans ses mains, et reprit le fil interminable de ses pensées.

« Bon, je vais voir ce qu'il y a dans la cuisine, alors », marmonna Paul, et il referma doucement la porte derrière lui. Il resta encore un moment devant le bureau et réfléchit. Aucun doute, M. Grinberg avait des soucis, il fallait donc faire quelque chose. Il devait trouver un moyen de l'aider, mais comment ? Il n'était encore qu'un enfant. Que savait-il de… Et soudain, il eut une idée. Mais bien sûr, il allait lui remettre le Livre des questions.

La nuit venue, le doute l'assaillit. Ce livre n'était-il pas uniquement destiné aux enfants qui avaient besoin d'aide ? N'était-il pas leur bien exclusif ? Mais si un adulte avait besoin d'un coup de main, et si l'on savait, si l'on était certain que le Livre des questions pouvait l'aider ? D'abord, pourquoi le Livre des questions existait-il ? N'était-ce pas avant tout parce que des adultes font souffrir les enfants ? Évidemment, M. Grinberg n'était pas de ceux qui abusent de leur autorité, qui commandent et punissent, qui forcent un enfant à faire ce qu'il abhorre, mais ne restait-il pas malgré tout un adulte ? Paul n'avait pas de réponse. Il repoussa sa couette et alla jusqu'à la fenêtre, s'assit sur le rebord et passa ses deux bras autour de ses jambes repliées. Il avait un peu froid. Il regarda au-dehors. Pendant la journée, il aimait bien observer les passants. «Pour nous, ce ne sont que des ombres, lui avait dit sa grand-mère un jour, mais chacun d'eux a son histoire.» Il aurait bien voulu pouvoir lui demander son avis sur ce qui le tracassait maintenant. Il alla à la cuisine et, debout devant le réfrigérateur ouvert, but avidement quelques gorgées de lait directement à la bouteille, avant de retourner se coucher.

Le lendemain, à la sortie, assis sur le banc près du marronnier, il mit Juliette au courant de son intention et lui demanda conseil. « Franchement, je n'en sais rien non plus », répondit-elle après avoir écouté le pour et le contre, et elle jeta un coup d'œil impatient par-dessus son épaule, vers l'autre côté de la rue. Elle avait faim, elle était fatiguée, elle avait mal partout. Elle s'était levée tôt et, après toute une journée de cours, elle n'avait plus qu'une envie : rentrer chez elle et prendre un bain. « Non, vraiment, je ne sais pas », répéta-t-elle avant d'apercevoir Simon. Il venait dans leur direction, plongé dans ses pensées. Juliette l'appela et il leva la tête. Quand il la reconnut, son visage s'éclaira. Juliette rougit légèrement, puis lui fit signe de les rejoindre et lui expliqua le problème.

Paul n'attendit pas qu'elle ait terminé pour reprendre ses réflexions là où il les avait laissées : « Soit on est adulte, soit on est enfant. Soit on est celui qui donne des ordres, soit on est celui qui doit obéir… »

Juliette sentait la fatigue s'immiscer sournoisement en elle. Les autres n'avaient-ils donc aucune envie de rentrer chez eux ? Était-elle la seule à en avoir plus qu'assez ? Elle glissa la main dans la poche de son anorak et saisit la clé de l'appartement. Une fraîcheur agréable s'en dégageait. Jamais cette clé ne lui avait encore semblé aussi désirable.

« C'est interdit », fit remarquer Simon.

Juliette hocha la tête et se leva, mais à peine était-elle debout que Paul répliquait : « D'accord, mais peut-être qu'il y a une exception à la règle. » Une exception à la règle ? Juliette se laissa tomber et reprit sa place sur le banc.

Cela faisait bien une demi-heure qu'ils discutaient du problème quand Mathilda s'approcha et demanda de quoi il retournait. Paul lui expliqua qu'ils tentaient de savoir si l'on pouvait permettre aux adultes de lire un livre pour enfants.

« Ma foi, s'ils ne sont pas trop bêtes, répondit Mathilda, avant de demander si quelqu'un pouvait l'aider pour ses exercices de maths, vu que les maths, elle n'était vraiment pas faite pour ça.

– Elle a raison ! s'écria Juliette. C'est ça, la réponse ! Si les adultes ne sont pas trop bêtes ils peuvent lire un livre pour enfants ! » et elle se leva aussitôt, espérant avoir enfin mis un terme à la discussion. Vain espoir... À toute décision importante procédé adéquat, il fut décidé par trois voix contre une qu'on devait sur-le-champ déterminer dans quels cas les adultes sont vraiment bêtes[2].

Si les enfants n'avaient pas été si absorbés par leur débat, ils auraient vu un M. Grinberg tiré à quatre épingles sortir de chez le coiffeur d'en face. Ils auraient aussi pu le voir remonter la rue en secouant la tête, marmonnant pour lui seul des bribes de phrases incompréhensibles – suivi de la joyeuse Holstein. Ils l'auraient ensuite vu s'arrêter devant la devanture d'un fleuriste, hésiter et entrer finalement dans la boutique avec une mine un peu gênée, non sans avoir auparavant tiré sur la laisse d'Holstein et pesté contre cet animal têtu. Et, pour finir, ils l'auraient vu ressortir quelques minutes plus tard avec un bouquet d'œillets un peu fanés, acheté une fois de plus en promotion.

Oui, si les enfants avaient levé le nez au lieu de noter sur une feuille les cas dans lesquels les adultes sont vraiment bêtes, ils auraient remarqué que plus rien n'était comme avant. Au lieu d'être assis à son bureau et d'écrire des articles interminables que personne ne comprenait, M. Grinberg pressait le pas, achetait des fleurs, s'offrait une veste de costume et faisait même un tour chez le coiffeur – suivi de la joyeuse Holstein. Ce faisant, il se sentait un peu bête, c'est vrai. Il avait même un peu honte. Mais ensuite il se disait qu'il ne faisait aucun mal. Voulait-il s'accaparer les faveurs de Mirabella ? Non ! Voulait-il lui tourner la tête par des moyens déloyaux ? Non plus. Il voulait simplement avoir l'air un peu plus jeune et un peu plus sportif.

Sans compter qu'il n'était pas allé chez un débutant quelconque, mais chez le meilleur coiffeur de la ville. Celui-ci l'avait observé longuement et, avant même que M. Grinberg

170

sache vraiment ce qui lui arrivait, il s'était retrouvé cerné par deux autres coiffeurs et trois paires d'yeux concentrés. Finalement, on lui avait fait la même coupe que d'habitude, mais avec une touche de Gomina pour plus d'éclat. D'un air de défi, prêt à la querelle, M. Grinberg vérifia d'un coup d'œil que personne n'était sur le point de se moquer de lui. Non ? Bien. Il bomba le torse. Qu'ils viennent un peu se gausser, et il ne se gênerait pas pour leur dire le fond de sa pensée.

Mais personne ne vint. Et personne ne fit attention à lui. M. Grinberg, tiré à quatre épingles, fit donc un petit tour en ville, son bouquet d'œillets fanés à la main – suivi de la joyeuse Holstein, cela va sans dire. Il fit encore quelques emplettes, passa par la poste, décida qu'il faisait beau temps, que la rue était bien bruyante et qu'il avait l'air… *Une chance*, pensa-t-il, *que la Gomina parte à l'eau.*

« Tu sais shampouiner ? demanda-t-il à Paul lorsque celui-ci sonna à sa porte, trois quarts d'heure plus tard.

– Pardon ?

– Est-ce que tu sais laver les cheveux ? » grogna M. Grinberg. Il ne lui restait plus qu'une heure, une heure pour retrouver son sempiternel air grincheux. Une heure avant qu'elle ne revienne et que tout soit joué.

« Eh bien, qu'est-ce que tu attends ? » demanda

M. Grinberg à un Paul ébahi. Puis la tête haute, le torse bombé et le pas assuré, il le précéda à la salle de bains.

C'était déjà la seconde fois que Paul shampouinait la tête de M. Grinberg. Et pour la seconde fois, M. Grinberg pestait contre lui parce que l'eau lui ruisselait dans le cou et le savon dans les yeux. La gomina était partie dans le trou de la baignoire. Le bouquet était à la poubelle. Et le moral au plus bas. Holstein agitait joyeusement la queue.

C'était impossible. C'était possible. Impossible. Possible. Impossible… Pourquoi impossible ? Parce qu'il était vieux, alors qu'elle, ma foi… ce n'était peut-être plus une jeunette, mais elle était quand même nettement plus jeune que lui. Si encore il avait été un héros, comme dans les romans ! Si encore, pour se montrer digne de son amour, il s'était battu contre des moulins à vent ou contre un troupeau de moutons poussiéreux ! Si encore, pour conquérir son cœur, il avait mesuré les neuf cercles de l'enfer ! Si encore il avait vaincu le cyclope et triomphé de sirènes, de Lotophages et de sorcières… Au lieu de cela, que faisait-il ? Il racontait des histoires, mangeait des omelettes, lisait le journal, rêvassait à la fenêtre, discutait avec son chien, écrivait des articles… Contre quoi se battait-il ? Ces derniers temps, contre une seule chose : l'insomnie. C'était impossible. Ou peut-être que si. Non, c'était impossible. Mais peut-être...

Inlassablement, il se répétait les mêmes phrases. Et il les aurait sans doute rabâchées encore un bon moment si Holstein, allongée dans une flaque de soleil près de la fenêtre de la salle de bains, ne s'était soudain levée d'un bond. M. Grinberg l'entendit aboyer à la porte d'entrée, enroula une serviette de toilette autour de ses cheveux mouillés et se hâta vers la porte pour... Et soudain il la vit.

Pendant des jours, il s'était représenté la scène : il entendait le bruit de la sonnette, allait à la porte, ouvrait, lui souhaitait la bienvenue. Pendant des jours, il avait imaginé le moindre détail, oubliant une chose : qu'elle possédait une clé. À présent elle était là, devant lui. Elle caressa le chien, lui adressa un signe de tête, demanda de ses nouvelles à Paul, accouru lui aussi depuis la salle de bains. C'était idiot, mais M. Grinberg avait l'impression d'avoir été trompé, dépossédé d'un moment important. *Cela aurait dû se passer tout autrement*, se disait-il, *j'avais pourtant tout bien prévu.* Pour être franc, il n'était pas seulement surpris, il était aussi un peu jaloux. Ce n'était pas à lui, non, mais à un gamin et un bâtard qu'elle accordait toute son attention. *Ben voyons*, se dit-il, *il faut lui faire la fête pour se faire remarquer.*

M. Grinberg tenta de prendre part à la conversation, perdit le fil, s'empêtra, se tut, désorienté, reprit. Il avait l'impression que les mots galopaient devant lui comme de petits chevaux alertes tandis qu'il haletait derrière. Dès qu'il trouvait une repartie, la conversation, hors d'atteinte, en était déjà à un tout autre sujet. Une véritable séance de torture. Il ne parvenait pas à articuler un mot sensé en sa présence, et il avait la bouche toute sèche. Il aperçut ensuite les valises et, bien qu'il ne fût pas alors en mesure de comprendre exactement tout ce qui se passait dans l'entrée, une voix intérieure lui dit que, en les portant dans la chambre de Mirabella, il pourrait effacer la mauvaise impression qu'il avait dû faire sur elle. Il se baissa et, comme il penchait la tête, la serviette glissa de ses épaules et tomba par terre. *Allons bon, qu'est-ce que c'est que cette serviette…* M. Grinberg se souvint tout à coup et rougit jusqu'aux oreilles. Aussitôt, il tourna les talons et partit se réfugier dans son bureau.

Pendant un moment, il resta debout derrière la porte. Puis il s'assit à son bureau et enfouit sa tête dans ses deux mains. Il n'y avait qu'ici, derrière le plateau de bois noirci par les ans, qu'il se sentait bien et en sécurité, protégé par son bureau, rempart indispensable entre le monde et lui, entouré de blocs-notes, de crayons et de fiches qui se resserraient comme piétaille, soldats et cavaliers autour d'un roi menacé.

On frappa à la porte.

« Entrez », dit-il le cœur battant. Sa voix, subitement haut perchée, sonnait faux à ses oreilles.

Il fixa l'embrasure, la porte s'ouvrit lentement, la pointe d'une chaussure apparut… Ce n'était que Paul qui, à peine entré, se mit aussitôt à parler. *Pas maintenant, pas maintenant*, pensa M. Grinberg, mais sans rien entreprendre pour interrompre l'enfant. Que lui voulait-il ? Que racontait-il donc ? M. Grinberg n'en avait pas la moindre idée. Et Paul déposa sur son bureau le Livre des questions.

« Mais… » Pendant un instant, M. Grinberg se tut, stupéfait. « Mais enfin, c'est le Livre des questions !

– Comment ? répondit Paul. Vous connaissez le Livre des questions ?

– Tu crois peut-être que je suis venu au monde adulte ? Que je n'ai jamais eu de problèmes quand j'étais enfant ? » murmura M. Grinberg, moins pour Paul que pour lui-même. Et soudain toute l'histoire lui revint en mémoire, aussi précise que s'il l'avait vécue la veille et non quelque cinquante années plus tôt. Il se revit, le cœur battant,

s'approcher du professeur de piano de ses sœurs pour lui déclarer sa flamme. Pendant des semaines, des jours entiers, il s'était représenté cette rencontre, préparant ce qu'il lui dirait. Et quand il s'était retrouvé devant elle, pas un son n'était sorti de sa bouche. Il avait entrouvert les lèvres, mais n'avait pas dit un mot et s'était contenté de rougir. Ensuite, il n'avait plus jamais osé. Au bout de quelques mois, elle avait déménagé et il ne l'avait jamais revue.

« C'est moi le garçon amoureux de la pianiste, expliqua M. Grinberg.

– Celui avec les oreilles en feuille de chou, celui qui pensait être trop jeune ?

– Oui, répondit M. Grinberg, et il sourit. Celui-là même. À l'époque, je pensais être trop jeune. Et aujourd'hui j'aurais presque pensé être trop vieux. » Il souleva le livre avec précaution, l'inspecta attentivement, le reposa sur le bureau, en caressa d'une main la reliure et tourna la première page. Nombre d'histoires oubliées depuis longtemps lui revenaient en mémoire à la vue des écritures enfantines qui les avaient transcrites. Certaines étaient déterminées, d'autres terrorisées ou précises, ou encore régulières ou bien sereines, comme si l'enfant, en écrivant ses soucis, les avait tout simplement oubliés.

« Je peux ? » demanda M. Grinberg en arrivant à la dernière page. Paul fit oui de la tête.

M. Grinberg se mit alors à lire. Plusieurs fois, il s'interrompit, répétant un mot ou une tournure de phrase. «Alors comme ça, elle préférait jouer au Grand Baratin? demanda-t-il avec un petit sourire. Un baméléro au fin fond de la jungle du Bougoundie?» Puis il reprit sa lecture. Après avoir lu toute l'histoire, après avoir lu la question de Paul, il regarda longuement le garçon. Il savait qu'il lui devait une réponse. N'était-ce pas aussi pour cette raison que Paul lui avait remis le livre? «Je ne suis qu'un pauvre pantouflard», voilà ce qu'il aurait voulu lui dire. «Par quel miracle saurais-je comment tu peux vivre heureux sans elle? Moi qui n'ai jamais rien fait d'autre que passer mes journées dans mon bureau, qu'est-ce que je connais de ce monde? J'ai médité pendant des heures sur des livres impénétrables, mais qu'est-ce que je connais de la vie? Il m'est arrivé si souvent de ne pas voir que le jour faisait place au soir, le soir à la nuit et la nuit au jour. Je suis comme cet homme qui a construit un château somptueux et habite dans la grange voisine. Mais les pensées d'un homme ne devraient-elles pas justement être le lieu où il vit? N'est-ce pas sinon un mensonge? Je n'ai même pas été capable de tomber amoureux, et si tu n'étais pas venu, je n'aurais jamais su que je vaux quelque chose. Tu vois bien, moi non plus, je ne sais pas comment on fait pour être heureux» –

voilà ce qu'il aurait voulu dire à Paul. Mais il sentit aussitôt que cette réponse était un mensonge, une excuse. Il y a quelques semaines, il n'aurait eu aucun remords à l'utiliser. Tout le monde veut être heureux, aurait-il dit, mais que cherchent les gens quand ils cherchent le bonheur ? N'est-ce pas différent d'époque en époque, de pays en pays, et d'individu en individu ? Comme il aurait eu raison ! Et pourtant ces phrases vraies n'en étaient pas moins vides de sens, oui, ces belles paroles n'étaient que celles dont on se sert pour endormir les gens, pour s'en débarrasser quand on souhaite poursuivre sa petite vie sans trop se déranger. Année après année, il avait vécu sans se préoccuper vraiment du reste, mais aujourd'hui, pour une raison inexplicable, il se sentait responsable de cet enfant. Et ce sentiment tout nouveau ne le gênait pas, bien au contraire : il lui donnait le poids, les contours qui lui avaient toujours fait défaut.

« Je ne sais pas comment tu peux vivre heureux après la mort de ta grand-mère, dit-il, et il repoussa le livre en direction de Paul, mais une chose est sûre : ensemble, nous allons tout faire pour y parvenir. »

Il était pour lui parfaitement naturel de dire cela. Aussi naturel que de savoir que Paul connaissait le Livre des questions. Que de se lever et de prendre Paul dans ses bras. Oui, c'était aussi naturel que le va-et-vient des enfants qui s'étaient installés chez lui depuis peu, aussi naturel que son amour pour Mirabella. Et pourtant, bien que tout cela lui paraisse parfaitement naturel, c'était quand même un sacré désordre !

M. Grinberg avait beau récapituler l'un après l'autre les événements de ces dernières semaines, il n'arrivait pas à les comprendre vraiment. Depuis quelque temps, tout s'était précipité et rien, chez cet homme qui chérissait tant sa tranquillité et ses habitudes, n'était plus comme avant. Mais maintenant, il fallait mettre de l'ordre dans tout cela et prendre enfin sa vie en main.

« Donne ce livre à un enfant, dit-il. Il ne m'est pas destiné. Moi, j'ai déjà écrit mon histoire, même si je n'ai pas encore appris à poser les bonnes questions. »

Il y avait tant de questions qu'il n'avait osé aborder, par confort ou par crainte. Pas seulement de grandes questions, mais aussi des questions tout bonnement terre à terre… Que savait-il des gens qui l'entouraient ? Et eux, que savaient-ils de lui ? Pas une seule fois il n'avait osé dire à une femme ce qu'il ressentait. Ni même demandé ce qu'elle-même éprouvait pour lui.

« Eh bien, c'est un bel ami que tu t'es déniché là, un lâche, un dégonflé… Oh, si, crois-moi, un lâche cœur », dit-il quand Paul voulut le contredire. Il regarda sa montre. Il était déjà tard. « Tu ferais mieux de rentrer chez toi, sinon ta mère va encore se faire du souci. » Paul fit la moue et M. Grinberg, sachant ce qu'il pensait, dit en riant : « Ça finira par s'arranger, va, elle ne se conduira pas toujours en mère poule. » Il raccompagna Paul jusqu'à la porte, alluma la lumière des escaliers et, après lui avoir dit au revoir, attendit que le garçon s'éloigne.

Il resta encore un moment sur le pas de la porte alors que Paul avait déjà disparu depuis longtemps, puis il se secoua et rentra chez lui. Il tendit l'oreille. Cela n'avait aucun sens de continuer à ruminer sur la façon dont c'était arrivé et sur ce que cela signifiait, il était temps de mettre de l'ordre dans ce beau désordre.

Où était-elle ? Dans le salon. Elle était occupée à trier des affaires et lui tournait le dos. Lentement, encore concentrée sur ce qu'elle faisait, elle se tourna vers lui.

« Mirabella, dit-il.

– Oui ? »

Le week-end venu, M. Grinberg se rendit comme prévu au théâtre, en compagnie des enfants et de Mirabella. Tous s'étaient mis sur leur trente et un, tous étaient un peu excités et très bavards. Ils étaient arrivés en avance et suivaient les allées et venues du public depuis la loge où ils avaient pris place. Mathilda s'appuya contre la balustrade et regarda autour d'elle d'un air curieux. Elle aimait suivre du regard les gens qui entraient tranquillement dans la salle, tendaient leurs tickets aux ouvreuses vêtues de noir et attendaient qu'on leur indique leur place. Elle faisait sur eux les suppositions les plus hasardeuses. Dans cette salle aux éclairages festifs, tout le monde se présentait sous son meilleur jour, et chacun avait quelque chose de fascinant, d'exceptionnel. Accompagné de son épouse qui le dépassait d'une tête, un gros monsieur en sueur tentait de gagner sa place au milieu d'un rang. Il lui fallut déranger toute une famille pour passer. Le père se leva en premier, imité ensuite par la mère, les trois filles et, pour finir, le fils, qui s'exécuta de mauvaise grâce. Chaque fois, l'homme rentrait la tête dans les épaules en guise d'excuse tandis que sa femme remerciait d'un sourire. Une dame, coiffée d'un chapeau sur lequel dansait une petite plume, s'immobilisa sur une marche d'escalier et parcourut la salle du regard. « Avancez donc », lança derrière elle un baryton agacé. La femme leva un sourcil indigné et examina le mécontent de haut en bas avant de céder. Mathilda suivit jusqu'au premier rang la plume dansante, puis son attention fut détournée par une classe qui débouchait dans la salle, emplissant aussitôt l'espace d'un joyeux brouhaha. On lui tapota l'épaule. M. Grinberg lui tendit un programme. Peu à peu, les allées et venues des spectateurs s'espacèrent, une poignée de retardataires entrèrent et gagnèrent leur place sous escorte. On éteignit les lustres et, aussitôt, les rires et les conversations cessèrent. Quelqu'un toussa encore quelques fois dans la pénombre, puis le rideau se leva.

La pièce passionna-t-elle tous les spectateurs installés dans la loge ? À en juger par l'expression de leurs visages, il faut croire que oui. L'un d'eux, pourtant, observait Paul à la dérobée, promenait son regard de la scène à Paul, et de Paul à la scène. Dans un va-et-vient continuel, inquisiteur. Quand un sourire se dessinait sur les lèvres de Paul, il se réjouissait, quand Paul fronçait les sourcils, il était aussitôt assailli de doutes. C'était peut-être encore trop tôt, pensait M. Grinberg immédiatement, il aurait sûrement mieux valu attendre un peu, ce n'était peut-être pas une bonne idée de l'emmener au théâtre… Mais Paul se penchait alors en avant, comme happé par ce qui se passait sur scène. Ça lui plaisait, il s'amusait, ce petit. M. Grinberg aurait pu en sauter de joie, mais il se retint, sachant que cela ne se faisait pas. Tout de même, dans une salle de théâtre ! Il prit alors un air attentif et se concentra sur l'action, mais les cohortes de méchants qui sévissaient sur la scène ne parvinrent à le captiver. Son regard se détourna une fois encore du spectacle pour aller se poser sur Paul et, une fois encore, M. Grinberg l'observa avec inquiétude avant de laisser échapper un soupir de soulagement.

Il soupira ainsi plusieurs fois et, bien que ce ne fût qu'un bruit imperceptible, Mathilda n'entendit bientôt plus que cela. Comme elle tendait l'oreille, aux aguets, elle entendit bientôt un nouveau bruit étouffé. Elle se retourna vers M. Grinberg. « Chut ! » fit-elle en posant un doigt sur ses lèvres.

Chut. Comment ça ? M. Grinberg regarda tout autour avant de comprendre que l'avertissement n'était adressé à personne d'autre que lui. À lui ? Mais pourquoi ? Où était le problème ? Elle avait eu un regard si dur, et en même temps si affectueux. Ah, oui, il l'aimait… Il aimait les enfants… Il aimait toute la salle, il aimait… M. Grinberg soupira[3].

Encore ? Cette fois, c'en était trop. Mathilda se retourna vivement. Elle était à deux doigts de lui dire purement et simplement ce qu'elle en pensait – mais tout bas, bien sûr – quand son regard fut soudain attiré par la main fine de Mirabella, qui pressait le bras de M. Grinberg. Le geste était aussi contenu que le soupir avait été discret et, pourtant, Mathilda en fut si surprise qu'elle ne put s'empêcher de laisser échapper un cri. Quoi ? M. Grinberg et Mirabella, un couple ?

Alors là, elle était sans voix. Mathilda interrogea M. Grinberg d'un regard ébahi. Il hocha la tête et eut un petit sourire gêné. « Eh oui, mon petit, disait ce sourire, c'est comme ça, les histoires les plus invraisemblables arrivent là où l'on s'y attend le moins… » M. Grinberg soupira.

« Silence à la fin ! » lança une voix depuis la loge voisine.

1. Mais Mirabella ne fit pas son apparition, même si M. Grinberg, en pensée, la voyait entrer à chaque instant. Eh bien oui, elle lui manquait. Et M. Grinberg, lui manquait-il à elle aussi ? Non, ce qui lui manquait avant tout, c'était la paix.

Ce n'était peut-être qu'une impression, mais chaque fois qu'elle allait voir sa sœur à Asti, Mirabella avait le sentiment de passer son temps à aller de fête de famille en fête de famille. Et comme si cela ne lui causait déjà pas assez de fatigue, toute la tribu, sous le commandement intransigeant de sa sœur, s'était mis en tête de lui dégoter un mari avant qu'elle ne retourne auprès de son « drôle de vieux ». Les neveux, les nièces, les tantes, les beaux-frères, tous s'affairaient comme dans une fourmilière. Même le plus paresseux d'entre eux dénicha bientôt un prétendant dans la banque où il travaillait. Divorcés, vieux garçons, veufs – Mirabella n'était à l'abri d'aucun candidat au mariage de sa petite ville natale. Comme par hasard, ils étaient toujours invités aux réceptions de famille. Et, chaque fois – comment aurait-il pu en être autrement –, une place se libérait à côté d'elle comme par enchantement dès que l'un de ces vaillants messieurs pointait le bout de son nez. Ah, il fallait les voir, ces « candidats » au mariage, suant la gêne et l'ennui, ne sachant que faire de l'assiette de gâteaux qu'on leur avait collée sur les genoux.

Il y avait par exemple ce veuf qui n'osait jamais la regarder. Et ce voisin assis droit comme un i sur le bord de sa chaise. Il y avait ce boit-sans-soif qui faisait joyeusement clapper sa langue. Et ce médecin bedonnant qui ruisselait de sueur au moindre mouvement.

Mirabella aurait tout donné pour être enfin débarrassée de ces prétendants, mais ils s'asseyaient irrémédiablement à côté d'elle, comme aimantés. Celui qu'elle voyait le plus souvent était le candidat de la banque. Il n'était pas bien grand et plutôt enrobé, avec un nez beaucoup trop petit, et puis de grosses lèvres épaisses…

« Et alors ? avait dit sa sœur. Tu n'es pas non plus de la première jeunesse, que je sache ! D'ailleurs, c'est un homme vraiment charmant. Et sans ex-femme, en plus. »

Mirabella était entièrement d'accord, elle n'était pas de la première jeunesse, et pourtant, même si elle osait à peine le formuler, même si cela lui faisait un peu honte, elle se disait qu'elle aussi avait droit à… qu'il n'y avait pas d'âge pour… qu'elle aussi pouvait espérer…

Mirabella ne parvenait pas à retenir le prénom du candidat favori. Pourtant, elle l'avait déjà vu quatre fois de suite – tout à fait par hasard. La dernière fois, c'était pour les quatre-vingts ans de sa tante Martha auxquels il assistait aussi – tout à fait par hasard.

« Mais quel heureux hasard ! » s'était exclamée sa sœur en apercevant à la porte le malheureux, cloué sur place par la timidité. Puis elle avait échangé avec tante Martha des regards qui en disaient long et s'était ruée sur lui, une assiette pleine de petits-fours à la crème dans la main.

Mirabella peinait à garder les yeux ouverts quand il lui parlait – du temps, d'un film, des actualités ou d'autre chose, son sujet favori étant bien sûr le calcul des intérêts. Il était tellement ennuyeux, tellement barbant! Pourquoi fallait-il qu'il expose toujours ses vues de la même voix monocorde et assommante ? Mirabella ne l'écoutait jamais. Elle ne voyait que sa bOuche qui s'ouvrait et se refermait, s'Ouvrait et se refermait. S'Ouvrait et se refermait, tandis qu'elle sentait ses paupières devenir **lourdes**.

Elle sursauta. Voilà qu'elle s'était même assoupie un instant. S'en était-il aperçu ? Non. Il dissertait toujours.

« Et comme je le disais, le paiement des intérêts est garanti. »

Mais quel cauchemar ! N'avait-il donc aucune sensibilité, ce gros lard ? Ne voyait-il donc pas qu'il l'ennuyait à mourir ? Non, il dissertait encore.

1bis Si Mathilda avait eu à côté d'elle ce maudit raseur, elle se serait levée et serait partie, tout simplement. Mirabella, elle, restait assise et souffrait en silence, car elle ne voulait vexer personne. « Petit Rabbijésusmar ieallahbouddhamondieu du ciel ! » se serait exclamée Mathilda en entendant cela. Ne vexer personne ! Même pas les ballots, les râleurs, les rouspéteurs et les rabat-joie, les beaux parleurs, les têtes de bois et les malotrus ? » Non, même pas eux. Mais surtout, Mirabella ne voulait pas contrarier celle qui savait toujours tout : sa sœur aînée. Dès qu'elle était près d'elle, Mirabella redevenait la petite fille qu'on mène à la baguette et pour qui on décide ce qui est de mise. Quoi de plus naturel ? N'était-ce pas sa sœur qui lui avait appris à lacer ses chaussures ? à faire du vélo ? à compter ? D'ailleurs, sa sœur aînée savait déjà marcher alors que Mirabella

187

n'était encore qu'un petit paquet qu'on transportait d'un endroit à l'autre. Et qui, je vous le demande, avait su lire en premier ? Et écrire ? Bon, alors !

Il n'y avait qu'à voir comment sa sœur faisait claquer ses doigts avec impatience quand tout ne se déroulait pas comme elle l'entendait. Ou l'expression d'innocence blessée qui se dessinait sur son visage si Mirabella osait par malheur la contredire. Mais Mirabella ne la contredisait jamais, même si les décisions de sa sœur la laissaient parfois sceptique, comme hier, par exemple, quand elle l'avait convaincue d'acheter un pantalon en velours lisse vert foncé.

« Ah, tu vois ! s'était-elle écriée, ravie, et elle avait applaudi avec enthousiasme. Vraiment, il te va comme un gant ! »

Comme un gant ? Dans le miroir, Mirabella avait observé son reflet sous toutes les coutures. Comme un gant ? Elle se sentait plutôt comme de la chair à saucisse rentrée de force dans un boyau de velours vert foncé. Et pourtant, elle l'avait acheté, ce pantalon, et elle l'avait même porté à une fête de famille – principalement dans l'espoir de faire fuir le misérable raseur, il faut bien l'avouer. Mais, évidemment, celui-ci n'avait rien remarqué et avait continué de disserter. Mirabella ne l'écoutait pas, elle ne voyait que sa bOuche qui s'ouvrait et se refermait, s'Ouvrait et se refermait. S'Ouvrait et se refermait, tandis qu'elle sentait ses paupières devenir **lourdes**.

Elle se trouvait dans une longue galerie obscure et avançait vers une porte. À la faible lueur qui se dessinait dans l'encadrement et éclairait le couloir sombre, elle sut que quelqu'un se trouvait dans la pièce. Elle frappa.

«Entrez», dit-on à mi-voix, et son cœur fit un bond. Hésitante, elle ouvrit la porte et aperçut, assis derrière sa table, M. Grinberg. Où était le plateau avec le thé? Pourquoi était-elle venue le voir dans son bureau? Elle n'en savait plus rien. Et puis elle se souvint. Elle voulait se plaindre de sa sœur et lui parler de cet horrible pantalon en velours et du raseur à la voix monotone. Mais ce fut une tout autre phrase qu'elle prononça:

«Un autre que moi peut-il savoir ce qui me rend heureuse?

– Même s'il le savait..., dit M. Grinberg en souriant, et il haussa les épaules, veux-tu le laisser décider à ta place de ce que tu dois sentir, penser, craindre et croire?»

2. Les enfants comptèrent sur leurs doigts toutes les âneries des adultes, en commençant par le pouce. Mais, comme il leur arrivait de compter deux fois la même ou d'en oublier une autre, ils prirent une feuille de papier et un crayon et dressèrent une liste par ordre de gravité. Ils obtinrent ainsi 377 âneries comme «perdre de vue ses amis» ou «regarder de haut les plus faibles», 48 demi-âneries comme «ne jamais avoir de temps pour jouer», 24 quarts d'âneries comme «forcer les enfants à manger du brocoli» et une ânerie suprême: la guerre.

3. Oui, M. Grinberg aimait tout le monde et souriait si gentiment que Mathilda se souvint soudain de son

189

projet de l'amener à se rapprocher de Paul. Après la représentation, sur le chemin du retour, elle lui demanda donc à voix basse de s'occuper de son ami. S'occuper de Paul ? Pourquoi donc ? N'était-il pas en grande conversation avec Juliette et Simon ? Ne commentait-il pas la pièce scène par scène, n'ayant pas l'air de vouloir qu'on s'occupe de lui ? M. Grinberg regarda Mathilda d'un air étonné. Y avait-il eu un problème ? Avait-il raté quelque chose ? Pourtant, il s'était montré très attentif.

« Mais qu'est-ce qu'il a ? » chuchota-t-il à l'oreille de Mathilda.

Ce qu'il a ? Petit Rabbijésusmarieallahbouddhamondieu, il a perdu sa grand-mère, voilà ce qu'il a ! Mathilda était atterrée devant l'étendue de la bêtise adulte. Ce M. Grinberg était bien gentil, mais il ne comprenait vraiment rien à la vie ni à la mort. Dernièrement, par exemple, Mathilda avait même dû lui expliquer trois fois la blague la plus enfantine qui soit, et le comble, c'était qu'il avait ri trois fois. La première fois quand Mathilda avait raconté sa blague. La deuxième fois quand elle la lui avait expliqué. Enfin la troisième fois, quand il l'eut enfin comprise. Cela dit, la plupart du temps, il ne comprenait toujours pas au bout de trois fois, même s'il riait et s'esclaffait si fort qu'on aurait pu le prendre pour un fou. Fou ? Non, notre bon monsieur ne l'était pas. Il était tout simplement… heureux.

À la mémoire de
Aaron Jean-Marie Cardinal Lustiger
17 septembre 1926 - 5 août 2007